ハリケーンの季節

フェルナンダ・メルチョール

宇野和美〔訳〕

Temporada de
huracanes

Fernanda Melchor

早川書房

ハリケーンの季節

写真／苅部太郎
装幀／大久保伸子

本作品は、本・読書振興総局を通じて
スペイン文化・スポーツ省の翻訳助成を受けました。

MINISTERIO
DE CULTURA
Y DEPORTE

DIRECCIÓN GENERAL DEL LIBRO,
DEL CÓMIC Y DE LA LECTURA

エリックに

彼もまた気まぐれな道化芝居の
役を降りた。この男にも
変るときが来て、
完全な変身を遂げた。
恐ろしい美が生れた。

W・B・イェイツ
「一九一六年復活祭」より（『対訳 イェイツ詩集』高松雄一訳）

ここで語られるいくつかの出来事は実際にあったことであり、すべての登場人物は架空のものである。

ホルヘ・イバルグエンゴイティア『死者たち』

1

川からのぼってくる小道をたどって、彼らは用水路に出た。戦闘にそなえてパチンコに弾をこめ、ぎらぎら照りつける真昼の日差しに、ほとんどふさがりそうに目を細めて。彼らは五人で、一人だけ水着を着ている少年がボスだ。五月初めの、まだ丈の低いサトウキビのからからに乾いた茎のあいだで燃えている赤いトランクス。あとの四人はパンツ姿でボスのあとを追っている。泥の長靴を履いた四人、その朝、川で拾った小石が入ったバケツをかわるがわる持っている四人、最後尾をひそやかについていく最年少の少年でさえ、怖いと口に出すことができないほど決死の覚悟をかため、残忍に眉をゆがめた四人は、背後の木々の影に見張りのごとく隠れているキバラオオタイランチョウの甲高い鳴き声や、がさがさと荒々しく葉をかきわける音、眼前の空気をヒュンと石が切り裂く音とともに、待ち伏せしている敵が現れようものなら、その頭にいち早く弾をぶちこんでやるつもりで、パチンコのゴムをぴんとはり、革のホルダーにこめた小石をにぎりしめていた。熱風の中、ほとんど白い空をバックにヒメコンドルが軽やかに舞い、顔に砂をぶちまけられるよりもひどい悪臭があたりにたちこめている。胃までおりないうちに吐き出したくなるような、進む気を失せさせる腐臭。だが、ボスの少年が水路の縁を指差すと、枯れた草の上を四つんばいで進む五人、身をよせあった五人、青バエに囲まれた五人は、とうとう黄色い泡の中からのぞいているものが何かわかった。葦と、幹線道路から飛ばされてきたビニール袋の間に見え隠れしながら浮いているもの、それは、死人の腐乱した顔、うようよと蠢《うごめ》く無数の黒い蛇のあいだで揺れ、微笑んでいる浅黒い仮面だった。

2

母親と同じく、その人物は〈魔女〉と呼ばれていた。母親が治療やまじないの商売を始めた頃は〈魔女のちび〉だったが、山崩れのあった年に一人になってからは、ただ〈魔女〉となった。別の名前を持っていて、その名前を書き留めてある、経年で黄ばんだ虫食いだらけの紙が、垢まみれの手提げ袋や布きれや引き抜いた髪や骨や食べ残しが詰めこまれた物入れに隠してあったとしても、ほかの村人たちのように洗礼名や苗字がもともとあったとしても、誰も知らなかったし、金曜日に魔女の家を訪ねてくる女たちも、彼女が名前で呼ばれるのは聞いたことがなかった。こっちに来い、黙れ、この人たちの話を聞くあいだ、テーブルの下でじっとしていろなどと言いたいとき、魔女はただ、おいだの、このバカだの、うすのろだのと呼びかけた。めそめそ泣きながら打ち明けられる苦悩や悲嘆、生理や不眠の悩み、死んだ親戚の夢、生きている親戚とのいざこざ、金のこと、そう、いつも金だった、それに亭主のこと、街道の娼婦のこと。これからってときに捨てられるなんてと女たちがすすり泣き、どうしてと嘆き、人に知られるくらいなら死んだほうがましとこぼすのを、そうやって魔女は聞いた。魔女の台所から出ていくとき、女たちはショールで顔を隠し、その端で涙をぬぐった。魔女のところにいたとわかれば、口さがない村の連中に何を言われるかわからない。亭主とねんごろにしている女に復讐しようとしているだの、呪いをかけようとしているだのと、あることないこと噂されかねなかった。実際は一キロのジャガイモをがっついたやんちゃなガキどもの胃の薬や、疲労回復のための煎じ薬や、腹調子を整える軟膏をもらったり、ほんのしばらく台所に座って悩みや苦しみをぶちまけ、胸につかえたどうにもならない苦悩をはきだしたりしにきただけだったかもしれないのだが。というのも、魔女は話を聞いてくれて、どんなことにも動じるようすがなかったからだ。自分の夫である、ほかでもない、ろくでなしのマノロ・コンデを、金のため、金と家と土地のために殺したとさえ言われていた。土地とは、ドン・マノロが父親から相続した百ヘクタールほどの畑と牧草地のことだった。地代とちっともうまくいかない家業とやらでのらくら暮らしていけるよう、彼の父親は、精糖工場の組合長にはした金で地所を売り払っていったが、農場はもともとずいぶん広かったので、ドン・マノロが死んだとき、そこそこの地代が手に入る土地がまだ残っていた。そこで、モンティエル・ソサにいる正妻とドン・マノロの子である、もう大学を卒業した二人の息子たちは、父親が死んだという知らせを受けるとすぐさま村に現れた。サトウキビ畑の真ん中にある家で、人びとが遺体を取り囲んで通夜を営むところに帰ってきた息子たちは、ビジャの医者に心筋梗塞だったと告げられるなり、弔問客の面前で魔女に言い放った。明日まで時間をやるから、あの家からも村からも出ていけ、おまえのような売女に自分たちが父の財産をやると思っているなら、おまえは気が狂っていると。畑も家も、ドン・マノロがあまりに壮大で突拍子も無い計画をたてるので、何年たっても完成しないまま高い天井にコウモリが巣をかけている、外階段の手すりに石膏の天使像がのったあの家も、ドン・マノロが父親から相続したが銀行に預けようとしなかった、家のどこかに隠されていると言われる金もダイヤモンドもやらないと。偽物かと思うほど大きなダイヤがはまっているという指輪は、息子たちも見たことがなかったが、ドン・マノロの祖母であるモンテロス伯爵家のチュシタ・ビジャガルボサ夫人の形見なので、法的にも神聖な意味でも、神と証人たちの前でドン・マノロと結ばれた、息子たちの母親である正妻が相続すべきものであり、えらそうにのさばっているが、ドン・マノロがいやしい欲望を処理するために拾ってきた素姓の怪しい売女でしかない人殺しの魔女のものであるはずがないと。つまるところ邪悪な女なのだ。悪魔の入れ知恵だろうか、政府によると古代民の墓の遺跡があるとされる山頂近くのあたりに薬草が生えていることを知っていたのだから。古代民とは、スペイン人よりもずっと昔からこの土地に住んでいた人びとのことだった。船でやってきてここら一帯を眺め、この土地は自分たちのものだ、カスティーリャ王国のものだと言ったスペイン人たちに追われた古代民は何もかもを失い、石の神殿さえ手放して、わずかな生き残りだけが山に逃れたのだった。そして、その残された神殿も、七八年のハリケーンのときの崖崩れ、ラ・マトサの百人以上の住民を生き埋めにした土石流で埋まってしまった。その遺跡に生えている薬草で魔女がつくった毒は色も味もなく、なんの痕跡も残さなかったため、ビジャの医者でさえドン・マノロは心筋梗塞で死んだと言ったのだが、息子たちは父親は魔女が毒殺したのだと言いはり、さらに人びとは息子たちの死を魔女の仕業と決めつけた。というのも、葬式のまさに当日、ビジャの墓地に向かう葬列の先頭を走る車に乗っているときに、二人の息子は、前を行くトラックの荷台からころがり落ちた鉄の棒の下敷きになるという不慮の事故で死んだからだった。翌日の新聞に載った写真に写った血まみれの鉄の棒を見て村人たちはおびえ、トラックから落ちた棒がフロントガラスをつき破って人を殺すようなことがなぜありうるか、誰にも説明がつかなかったので、あれは魔女の仕業だ、家と土地を手放したくないので、魔女が悪魔に力を借りて呪いをかけたのだという、まことしやかな噂が飛びかった。魔女が家に閉じこもるようになったのはその頃からだった。コンデ家の復讐を恐れてか、家から離れたくない、家をあけておきたくない秘密でもあったのか、昼も夜も外に出たがらなくなり、青ざめてやせこけ、気が違ったようになった魔女は恐ろしく、誰もその目をまともに見られなくなった。ただ、ラ・マトサの女たちは食べ物を運んでやっては、魔女が庭で育てるか、まだ山があった頃は女たちにつんでこさせるかした薬草で作った薬をもらっていた。ほかの村とを結ぶ未舗装の野道で、夜、家に帰る男たちが空を飛ぶ生き物に追いかけられるようになったのもその頃で、おそろしい炎のような目をした動物は、彼らを痛めつけようとしてか、地獄に連れ去ろうとしてか、鋭い爪をむきだしにして追ってきた。また、魔女が家の中のどこか、おそらくは、会いにくる女たちさえ通そうとしない二階のどこかの部屋に彫像を隠し持っているという噂が立ち始めたのもその頃だった。魔女は巨大な悪魔にほかならない彫像と部屋にこもって姦淫をしているのだ、長さといい太さといい、ナイフをふりあげた男の腕ほどもある男根を持つその像と夜な夜な性交しているから、夫などいらないと公言しているのだと言われていた。実際ドン・マノロが死んだ後、魔女はほかの男と知り合おうとせず、男という男をあしざまに罵り、男はみな酔っ払いのろくでなしで盛りのついた犬で下劣な豚だ、あんな下衆野郎どもを家に入れるくらいなら死んだほうがましだ、我慢している村の女たちの気がしれないと毒づいた。そういうことを言いたてるとき、魔女の瞳はきらきら輝き、髪はぼさぼさだが興奮からほんの一瞬、ほんのりと頬が上気して、再び美しくさえ見えて、村の女たちは、魔女が真っ裸で悪魔の上にのり、グロテスクな陰茎を根本までさしこみ、悪魔の精液を太ももにしたたらせている姿を想像して十字を切った。その精液は溶岩のように赤いか、魔女が鍋の中でぐつぐつ煮て、病を治すために匙ですくって女たちに飲ませる得体の知れない薬のようにどろりとした緑色か、アスファルトや、ある日台所のテーブルの下に隠れて、魔女のスカートにしがみついているところを見つかった少女の大きな瞳ともつれた髪のように真っ黒だった。口もきかない、ひ弱そうなその子を見た女たちの多くは、その子が生きながらえ苦しみませんようにとひそかに祈ったものだった。ところが驚いたことに、それからしばらくたったある日、女たちは、その子が家の前の石段に座って膝の上に本を広げ、大きな黒い目で文字を追いながら、声に出さずに唇を動かしているところを見かけたのだった。魔女の娘が生きているというニュースはまたたくまに広がり、その日のうちにビジャにまで伝わった。人びとは、五本脚の山羊だとか、頭が二つあるひよことかいった異形の動物は生まれたとしても、目があいてから数日で死んでしまうものなのにと不思議がった。そのときから〈魔女のちび〉と呼ばれるようになった魔女の娘は、秘密と恥辱のうちに生まれたにもかかわらず、すくすくと丈夫に育ち、そのうちに母親がやらせるどんな雑用もこなすようになった。ちびは、薪を割り、井戸から水を運び、行き一三・五キロ、帰り一三・五キロあるビジャの市場まで買い出しに行き、荷物の袋をさげ籠を背負って、途中で休むことも道草を食って村の少女たちと遊ぶこともなく歩いて往復した。どのみち村の子たちは誰一人として、ひょろりと背が高く、男の子のようにたくましく、誰より利発な娘に話しかけることはおろか、縮れてもつれた髪やぼろぼろの衣服や大きな裸足の足をからかうこともできなかった。というのも、いつの頃からか、魔女の家の家計をきりもりし、精糖工場の人びとと地代の交渉をするのがちびだというのを、誰もが知るようになっていたからだ。正式な書類もなければ、後ろ盾となる男もいないのをいいことに、精糖工場は隙あらば、合法的だが汚い手段で魔女から土地を横取りしようと狙っていたのだが、男などなくともちびは、いつのまにか交渉術を身につけ、さらには、ある日台所に現れて、女たちに魔女への相談料をふっかけるようになった。当時、魔女はまだ四十そこそこだったが、皺と白髪とたるんだ肌のせいで六十歳に見えるほど老けこみ、ときどき頭が怪しくなり、女たちから金をとるのを忘れるか、礼のかわりに差しだされる品物をただ黙って受けとるかしていた。黒砂糖ひとかけだの、ひからびたガルバンソ四分の一キロだの、腐りかけのライム一袋だの、虫のわいた雄鶏だの、こんなものばっかり冗談じゃないと、とうとうちびが事態の収拾にのりだした。ある日、彼女は台所に現れ、あまりしゃべりつけていない者特有のぶっきらぼうな口調で、女たちが礼に持ってくるものでは不十分だ、こんなことではやっていけない、これからは相談内容や、必要とされる能力、解決するのに用いるまじないの種類によって料金を決める、痔を治すのと、すげない男をふりむかせるのと、生前の親不孝を許してくれるかたずねるために死んだ母親と話をさせるのが、どれも同じ値段でできるわけがない、これからはやり方を変えると言いはなった。たいていの女たちはそれが気にいらず、金曜日に魔女の家に行くのをやめ、具合が悪くなるとパロガチョの医者に足を運ぶことにした。テレビに出ている有名人やサッカー選手や選挙キャンペーン中の政治家などが州都から通うような医者の治療は、魔女よりも効き目がありそうに思われたが、もちろんずいぶん高くつき、パロガチョまでのバス代も払えない女たちの多くは、ねえ、なら、どうすりゃいいのさ、だって、ないもんはないんだからと泣きつき、ちびは大きな歯を見せて、心配しなくていい、お金がないなら、何でも持ってる物を置いていったらいい、このあいだしていたイヤリングだとか、娘さんの金鎖とか、子羊のタマルとか、コーヒーポットやラジオ、自転車でもなんでもいいからと言い、期日までに払えないと利子もとるようになった。というのも、魔女はそのうち金貸しも始めたからで、三十五パーセントか、それ以上の利子をふっかけられた村人たちは、あれは悪魔の手口だ、あんなずる賢い娘は見たことがない、どこであんなことを覚えたのだと言い、ぼったくりだ、人の弱みにつけこんで暴利をむさぼるなんて、あの性悪は警察かどこか、しかるべきところにつきだしてとっつかまえてもらおう、ラ・マトサの住人から金をしぼりとるとは何ごとだと、飲み屋で息巻いたが、いざとなるとそんなことをしようとする者はいなかった。そんなみじめったらしい物とひきかえに金を貸してくれる者などほかにいなかったし、みな内心魔女を恐れ、敵に回したくなかったからだ。村の男たちですら、夜、魔女の家の付近を通りたがらなかった。通りかかると中から悲鳴や絶叫が聞こえてくるのを誰もが知ってて、二人の魔女が悪魔と姦淫するところを想像する者もいれば、頭がおかしくなった母親の方が叫んでいるのだと考える者もいた。その頃には、母親の魔女は人の顔がほとんどわからなくなり、しょっちゅうトランス状態に陥るようになった。あれは神様の罰だ、罰あたりで卑劣な行いをして、悪魔のような後継ぎを産んだ報いだと人びとは言い合った。というのも、ちびの父親は誰かと大胆に尋ねる女がいても、それは謎だと魔女はすましてて、ちびがいつこの世に出てきたのかもわからないので、誰も真相を知りようがなかったからだ。ドン・マノロはもうとっくの昔に死んでいたし、ほかに夫らしい者はおらず、魔女は家から出ず、踊りにも行かなかった。女たちが本当に知りたかったのは、あの罪深い子どもの父親が自分の夫ではあるまいかということだったから、魔女がにまにま笑いながら、あの子は悪魔の子だと言うのを聞くと、ぞっとして鳥肌を立て、確かによく見ると娘の顔は、ビジャの教会にある、大天使ミカエルに組み伏せられた悪魔の顔と、特に目元と眉が似ているように思えて十字を切った。女たちは以来、ペニスを勃起させた悪魔に追いまわされる夢を見て夜中に目を覚ますことがあり、目に涙がにじみ、腹痛がして、股間が濡れているのに気づくと、ビジャに走っていってカスト神父に告解し、呪術など信じるなといさめられた。また、魔女は頭がおかしいだけで、ちびはどこかの農場からさらってきたに決まっていると、そんな噂を笑いとばす者もいて、その後、サラファナの説が広まった。それによると、ある夜、彼女の店に、話し方からしてラ・マトサの者でもビジャの者でもない若者たちが、もう相当できあがってやってきたという。彼らは、夫を殺したと言う、ラ・マトサの魔女きどりの女のところに寄ってきたと得意げに話し始め、サラファナが聞き耳をたてていると、その家に入りこんで、女を殴っておとなしくさせ、全員で順にやっていった、魔女だかどうだか知らないが、その女はなかなか上物でおいしく、やってるあいだ身をよじって叫んでいたところからして、あちらもかなり喜んでいたようだった、このクソみたいな村じゃ、女はみんな娼婦だなと続けたので、サラファナもよく知っているように、ラ・マトサのことをけなされると黙っていない常連たちが、その若者どもにとびかかって袋叩きにしたという。マチェーテを取り出す者がいなかったのは、そいつらがあっけなくのびてしまったからか、まともにとりあうにはあまりに暑かったからだろう。

それに、サラファアナの店には歓心をかいたくなるような女も、ビール一杯とひきかえに体を売りに来ている、浜辺の小屋のやせっぽちの貧しい女たちもいなくて、いたのは彼らとサラファアナだけ。茶褐色の顔にひげのはえた、男同然の女主人の手の中でなまぬるくなっている瓶ビールと、彼らの体からたちのぼるいきれを切りさく天井のシーリングファンが苦しげにきしむ音、聖マルティン・カバジェロの小さな聖画の前にある、〝ウサギにやる草を〟、ランプの横で、〝やわらかい緑のを、切りに行こう〟、勝手に鳴っているテープレコーダーと、〝ウサギにやるんだ〟、聖水にひたしたリボンを結んであるアロエと、〝もう目を覚ますころだ、そうとも〟、魔女によれば、嫉妬を追い払い、しかるべき者に悪を送り返してやるための、サトウキビのアグアルディエンテしかなかった。だから、魔女の家の台所のテーブルの中央には、粗塩を敷いた皿があり、いつもその上にナイフを突き立てたリンゴ一つと白いカーネーションが一輪のっていたが、金曜日の朝早く、女たちが魔女に会いにいったときには、カーネーションはすっかりしおれてくさり、女たちがそこに残していく邪悪な気で黄色くなっていた。不幸と苦悩のうちに女たちの中に溜まった負の気のようなものを魔女は治療で取り除いたが、その閉めきられた家のよどんだ空気の中には、目に見えないどんよりした瘴気のようなものが漂っていた。魔女がいつから窓を怖がるようになったのかは誰にもわからなかったが、女たちが足を踏み入れようとしない、台所脇の居間の薄暗がりの中でちびが歩きまわるようになった頃には、魔女は自ら、ブロックやセメントや棒や金網などで、すべての窓をおおって、ビジャで埋葬するためにドン・マノロの棺を運び出すときに通った、黒に近いオーク材の玄関のドアも、レンガだの端材だの、そこらにあるものでふさいで二度と開かないようにしてしまっていた。庭から台所に入る小さな扉だけ開いていたのは、水を運んだり、畑の世話をしたり、買い物に行ったりするのにちびが出入りしなければならなかったからだが、そのドアには鍵がないので、魔女はビジャの刑務所のものよりも頑丈な——工事をした職人はそう自慢していた——鉄格子をつけさせ、それに拳骨ほどある南京錠をつけて、その鍵をブラジャーの左胸にいつもしまっていた。鉄格子は鍵がかかっていることが日増しに多くなり、ドアをノックするのもはばかられて村の女たちが外で待っていると、庭から聞く限り、家具を床や壁に投げつけながら魔女が発しているとおぼしき罵声や叫び声が聞こえてきた。あとから、街道の娘たちに語ったことによると、その間ちびは台所のテーブルの下でナイフを握りしめて縮こまっていたらしい。早く死んで、これ以上苦しみませんようにと、村じゅうの女たちに願われていた幼い頃にしていたように。というのも、遅かれ早かれ、悪魔が我が子をとりかえしにやってくるか、地面がぱかっと二つに割れて、母子ともども火が燃えさかる奈落の底に落ちるだろうと思われていたからだ。ちびのほうは悪魔に呪われていたから、母親のほうは、呪術を使って犯したすべての罪ゆえに。ドン・マノロを毒殺し、彼の息子たちを呪い殺した罪、魔術や呪いで村の男たちを去勢したり弱らせたりし、悪女たちの腹に植えつけられた種をとりだし、毒の中で溶かした罪だ。女たちに頼まれると用意していたその毒薬の作り方を、魔女がひそかにちびに伝授したあとで、七八年の山崩れが起きた。ハリケーンが猛烈な勢いで海岸線を襲い、何日にもわたって空が雨で満たされ、耳をつんざく雷鳴が轟き、畑は水浸しになり、何もかもが腐り、山が崩れ、轟音とともにカシの木が根こそぎ土砂もろともなだれ落ち、風と雷鳴におびえて小屋から逃げだすことのできなかった家畜も、誰にも手をひいてもらえなかった子どもたちも溺れ死に、何もかもをのみこんだ黒い泥は海岸線まで達し、水がやってきたとき、かろうじてマンゴーの木の上のほうの枝にしがみついて、兵士の救援ボートが来るまで何日もこらえて助かった者たちが、泣きはらした真っ赤な目で見守るなか、村の四分の三が墓場となった。ハリケーンが山のほうに去り、鉛色の雲間から太陽がまた輝きだし、地面が固まってくると、骨の髄まで水がしみて、皮膚を小さな珊瑚に似た苔におおわれてきていた人びとは政府の指示に従って、動物を連れ、生き延びた子どもを背負ってぞろぞろと、避難先を求めてビジャガルボサにたどりついた。市役所の一階や、教会の中庭に避難所がもうけられ、悲嘆にくれ、死者と行方不明者の捜索にごったがえす人びとを受け入れるために学校さえまるまる数週間臨時休校になり、ハリケーンのあと見かけなくなった魔女と娘は死んだものとされていた。ところが、それから何週間もたったある朝、ビジャに〈魔女のちび〉が現れた。靴下も黒なら、すね毛も黒く、黒い長袖のブラウスを着て、黒いスカートに黒いハイヒール、頭のてっぺんでまとめた黒々とした長い髪にピンでとめているベールも黒という、全身黒ずくめの妙ないでたちを見て、驚くやらおかしいやら、人びとはあっけにとられた。脳みそまで溶けそうな暑さのなか、この娘ときたらなんてかっこうをしているのだろう、頭がおかしくなったのではあるまいか、ビジャのカーニバルに毎年現れる女装した男じゃあるまいし、どういうつもりだろう。だが、誰も面と向かって笑わなかったのは、肉親を失った者は大勢いて、その死神のようなかっこうや、どこか厳かであると同時にくたびれた足どりで市場に行くようすから、母親の魔女が、村の半分をのみこんだ土砂に埋まって、この世からいなくなったことが推察されたからだった。その醜い死神は、まじない師の罪深い冒瀆的な暮らしを送るにはやわすぎるように思えたが、普段金曜日に魔女を訪ねていた女たちですら気がひけて、商売はどうするのか、治療やまじないはこれから誰がするのかと、黒ずくめの娘にたずねることができなかった。サトウキビ畑の真ん中にあるあの家に再び人びとが行くようになったのは何年もたってからのことで、その頃には、ラ・マトサの崩れた山に埋まった骨の上には再び小屋や仮設住宅が建てられ、港や州都と、北部のパロガチョあたりで最近見つかった油田とを結ぶ道路の建設工事に引き寄せられて、よそ者たちが集まってきて、ビジャを横切るその道路に、バラックや飲食店が建ち始めていた。そのうちに飲み屋や宿屋や売春宿もでき、まわりにサトウキビ畑しかない道路の単調さから一時でも逃れたい運転手やら作業員やら行商人やら日雇い労働者やらが足を運ぶようになった。道路の両脇にはサトウキビしかなく、舗装した道路のアスファルトの縁から、西は山裾まで、東は常に波の荒い磯浜まで、地面は何キロもえんえんとサトウキビと草とアシに覆われていた。ぼうぼうの雑草の茂みや藪に、雨の時期には恐ろしいスピードでつるが伸びてからまり、家も畑も飲み込もうとするので、男たちは街道の縁やら川端、畑の畝にかがみこんで、熱い地面に足をめりこませてマチェーテをふるった。彼らは、作業にうちこむあまりか、あるいはあまりに誇り高かったからか、遠くの小道の向こうから黒ずくめの幽霊が投げかける憂いをおびた視線に気づきもしなかった。かつかつの日当で働き始めたばかりの、まだひげもはえていない、荒縄のようにタフな若者たち、肉体労働で硬くひきしまった腕や脚や腹の筋肉を、じりじりと照りつける太陽にさらし、夕方には村のグラウンドで布のボールを追いかけあい、給水ポンプに誰が一番に着くかとか、誰が一番に川に飛び込むかとか、川辺から投げたコインを誰が一番に見つけるかとか、夕暮れのなまあたたかい水に枝を伸ばしたアマテの木に並んでこしかけて、誰が一番遠くまで唾を飛ばせるかなどを競い合ってふざけ、騒ぎ、歌い、音楽に合わせて体を揺らし、肩をよせあい、磨きこんだ革のようなつややかな背中を光らせて踊る若者たちが働く村はずれの土地に幽霊は出没した。タマリンドのはじける実のように輝き、ドゥルセ・デ・レチェか熟れたチコサポテの果肉のようにやわらかくクリーミーな肉体、シナモン色や、ピンクを帯びたマホガニー色の肌、濡れてぴちぴちとした肌はなめらかで、まだ青いフルーツの甘ずっぱい果肉のように固くしまり、何メートルか先でこっそりと盗み見する魔女の目に、たまらなく魅力的で、たまらなく好ましく映った。魔女は黒く鋭いまなざしに力を集中させ、自分のものになりますようにと声に出さずにひたすら祈りながら、腕からいつもかわらぬ買い物袋をぶらさげて茂みに隠れるか、隣接した畑で欲望に足をすくませて、瑞々しい肉体の美しさに目を潤ませ、彼らをよく見て、彼らの匂いをよくかぎ、平地のそよ風にたゆたう若い雄の汗臭い匂いを空想の中で味わおうと、頭の上にベールをまくりあげた。年末になると、風がいたずらに、サトウキビの葉や、ヤシの葉を編んだ帽子にぶらさがった房や、赤いスカーフの先を音をたてて揺らし、畑を駆け巡る野火が、十二月の枯れたトウモロコシの茎を灰に還らせていった。幼児殉教の日（十二月二十八日のこと）の頃には、風に焦げたカラメルソースの匂いが漂うようになり、黒くなったサトウキビの巨大な包みを満載した最後のトラックが、いつでもどんよりとした空の下、車体を揺らしながら精糖工場のほうに去っていくと、若者たちはとうとう、マチェーテを水ですすぎもせずに袋にしまい、汗水たらし体をはって稼いだ金を浪費しようと街道のはずれにくりだし、プラスチックのテーブルを囲んで、クンビアの〝トゥンパ、トゥンパ〟やら、〝最初に思ったのが、落ちた〟に乗ってガタガタ揺れる、サラフアナの店の年代物の冷蔵庫で冷やした生ぬるいビールをぐいぐいと飲みながら、〝おいしい娘が、とうとう落ちた〟、ここ数週間の出来事をふりかえった。彼女を見かけたということでみなの意見が一致することもあれば、どこかの道で出くわしたという者もいたが、若い者の無知ゆえ、彼らは彼女のことを〈魔女のちび〉ではなく、ただ〈魔女〉と呼び、母親の魔女や、小さいときに村の女たちから聞いた昔話の恐ろしい妖女と混同した。たとえば、我が子を恨みから殺し、怒れるラバの頭と毛深い蜘蛛の脚をした恐ろしい妖怪になって、地上で永遠に苦しみ、自分の犯した罪を嘆き続ける〈ジョローナ〉だとか、祖母の言うことをきかなかったり、夜、友だちと遊びに繰りだしたりするとつけてきて名前を呼び、振り向くと、骸骨の顔を見せておどかす〈白い少女〉と。魔女は彼らにとって、空想上の人物同然だったが、ビジャの市場に行けば店員に声をかけて歩く、血も肉もある生身の人間だったので、空想の人物よりも興味をひいた。祖母や母親や嘘つきの女どもがでっちあげる子どもじみた妖怪ではない。どうせ夜になってそこらをほっつき歩かせたくないから、あんなこと言うんだよな、夜、家を抜け出して、遊びまくって、酔っ払いをおどかしたりかわい子ちゃんを口説いたりするのがいいのによ。魔女だか何だか知らねえけど、どうせチンポがほしいだけだろ、と一人が言い、その点ではみなの意見が一致していた。しゃぶりてえんなら、そら、ここでやらせてやるぜ、と別の若者が言って、自分の睾丸を握って見せたので、ひとしきり冷やかしや笑いやげっぷ、テーブルを手でバンバン叩く音やヒーヒー叫ぶような笑いが起こり、また別の一人が言い出した。俺たち、そこらの村の子とただでやってるけどよ、魔女は、あんだけ土地を持ってて、衣装ケースにぎっしり金貨の袋を隠してるんだぜ、そんな金持ちなら、同じことすりゃ、金を払ってくれるんじゃねえか？　最初に行こうという強者は誰だったか、勇気をふりしぼった若者が闇にまぎれ、人に見られないように気をつけて魔女の家に行き、あの鉄格子の前、台所のドアの前に立つと、いきなりドアが開いて、背の高いやせた女が現れ、暗闇の中に浮かんでいるように見えるチュニックの黒い袖口からちらちらのぞく、カニのような青白い手に、カチャカチャ音を立てる鍵の束が握られているのが見えた。鍋がかかっているコンロの火は消えかかっていたが、台所じゅうに樟脳臭い湯気がこもっていて、その匂いは数日間若者の髪から抜けなかった。野心だかアドレナリンだか怖いもの見たさだか必要だかに突き動かされて訪れた豪胆な若者は、毎夜、震えながら彼らを待っていた影と掛けあい、できるだけ早く事をすませると、一目散に野道を走って、街道の安全なサラフアナの店にたどり着き、なまぬるいビールをあおって、ようやく解放されたときに影がポケットにしのばせてくれた金を使いはたした。話を聞きたがった者たちに彼は、顔を見る必要もなかったと豪語してみせた。ただ手でいじられるのに耐えて、必要なときに必要なだけ顔からまくりあげられる、ごわごわした垢まみれの布から出たり入ったりする、やはり影のような口に舐められるがままになっていればいいと。そういったことすべてが静寂の中でなされるのを彼らはありがたがった。台所や、目のところがくり抜かれた女の裸体の絵が飾られた廊下の薄暗がりで繰り広げられる行為には、うめき声もため息も軽口も何もなく、ただ肉体と肉体、時にはわずかに唾があるだけだった。魔女が金を払ってくれるという噂がビジャまで広まると、川向こうのバラックの連中も列をなし、若者やいい大人が先を争って魔女に会いにいくようになった。時には集団で、ラジオを大音響で鳴らしながら大型車で乗りつけて、ビールケースを台所のドアに押しこんで閉じこもった。その頃には村は、タンクローリーが街道に落とす札束にひきよせられて、どこからともなく集まってきた娼婦たちの吹きだまりになっていたのだが、パーティーのような音楽やざわめきが中から聞こえてくると、近くの住人や、まだ村に残っていた数少ない慎ましい女性たちは眉をひそめた。ビール一本の値段で、踊りながら指や手を体に入れさせてくれる、化粧の濃いやせっぽちの女たち、やかましい店内の壊れたシーリングファンの下に六時間もいるうちに、自分を選んだ男のペニスを一時間なでまわすのと、いかにも聞いているふりをして男の話につきあうのと、どっちが面倒かわからなくなった、ラードを塗りたくったような顔をしたでっぷりした娘たち、誰にも誘われないと、ダンスホールの真ん中に出てひとりで踊り、〝トゥンパ、トゥンパ〟という物忘れを誘うリズムにのってクンビアとラム酒に酔いしれる、手だれの女たち、サトウキビ畑にポリ袋を舞いあげる風に運ばれて、どこからともなくやってきた、実際の年よりもひどくふけこんだ娘たち、人生に疲れた女たち、知り合う男ごとにやり方を変える気がうせているのにふいに気づき、昔の夢を思い出して、欠けた歯を丸出しにして笑ってみせるくたびれた女たち。川に洗濯に行ったときや、代用ミルクの列に並んでいるときに、村の女たちの話を小耳にはさんで、畑の真ん中の忘れられた家をたずねていき、細く開いたドアのあいだから黒ずくめの狂女が顔を出すまで戸を叩き続け、どうか力を貸してくれ、村の女たちが話している飲み薬を作ってくれと頼むのは、街道のそういった女たちだけだった。男の心をつなぎとめ手玉にとる薬、あるいは男を永久に寄せつけない薬、ある男の思い出だけを消してくれる薬、車で逃げたバカ野郎が腹にうめこんだ子種だけをこそげとってくれる薬、それに、自殺願望の偽りの輝きから心を解放してくれる強力な薬をくれと。魔女が助けてやろうと心に決めたのは、結局彼女たちだけで、妙なことに彼女たちから一ペソも金をとらなかったのはなるほどもっともなことだった。街道で体を売る娘たちの大半は、一日に一回食事をとるのがやっとで、セックスをする男どもの汁をぬぐうタオルさえ自分のものではなかったからだ。彼女たちは顔を隠さず、堂々と歩いてやってきて、タバコの煙と夜ふかしでがらがらになった声で、魔女さん、魔女さーん、こんちきしょう、ドアをあけてよ、またやっちゃったよと、黒いチュニックとベールを身にまとって魔女が顔をのぞかせるまで叫びつづけるのだった。散らかって鍋がころがり、べとべとした床に血痕がついた台所で、昼の光のもとで見ると、魔女の青黒く腫れ上がった瞼や、唇や濃い眉毛にあるかさぶたは、ベールをかぶっていてもごまかしきれなかった。魔女が自身の苦悩を彼女たちだけに打ち明けたのはおそらく、彼女たちは男どものやることのひどさを身をもって理解し、感じ、さらに冗談を言って魔女を笑わせて、殴られた痛みを忘れさせてくれたから、殴ったり家にずかずか入ってきてそこらじゅうをひっかきまわしたりしたバカどもの名前を魔女に言わせて、笑いとばしてくれたからだった。魔女がその家に隠していると言われている宝だか金貨だか、握り拳ほどもあるダイヤがはまった指輪ほしさに、頭に血がのぼった男たちは、そんなのはありもしない嘘だ、宝などない、精糖工場がサトウキビを植えて、地代を払ってくれている家のまわりの畑の収入で暮らしているだけだといくら魔女が言おうとかまわず家に入って、そこらじゅうの家具をひっくりかえし、家じゅうにあふれたがらくたや腐った段ボール箱、紙くずやハギレやラフィアヤシの紐やトウモロコシの軸やフケだらけの髪や埃のかたまりや牛乳パックや空のペットボトルやらの入ったただのゴミ袋を蹴飛ばし、踏んづけて、二階の部屋のドアを壊そうとした。彼女の母親の魔女が生きていた頃、幻覚に襲われてすべての家具を寄せてしまって以来、ずっと閉めきられてきた、その頑丈なオークのドアがようやく開いたのは、精糖工場の用水路に浮いている魔女の死体が見つかったその日に、百三十キロの巨漢の警察署長リゴリトと、彼の手下である警察官が法にもとづいてビジャガルボサからやってきて、七人がかりで体当たりしたときだった。おぞましいったらないよ、人びとは言いあった。子どもたちが見つけたとき、死体はぶくぶくにふくれていて、目玉が飛び出し、顔の一部が動物に食われていたというのに、あわれな魔女はほほえんでいるように見えたからだった。ぞっとしたよ、ひどいよ、まったく、あの人は心根がやさしくて、いつでも女を助けてくれてたのに、しかもしばらくそこで話を聞いてやる以外、何の見返りも求めなかったんだから。だから、街道の娘たちとビジャの飲み屋で働く幾人かの娘たちは、腐敗した哀れな魔女の遺体をしかるべき形で埋葬してやろうとお金を集めたのだが、ビジャのわからずやの役人どもときたら、こん畜生め、人でなしで、彼女たちに遺体を引き渡してくれなかった。遺体は犯罪の証拠であり、まだ捜査が終わっていないし、被害者との血縁を示す書類を持たない者に遺体を引き取る権利はないと言って。なんだよ、だいたいあの呪われたかわいそうな人が本当はなんて名前だったのかだって、誰一人知らないのに、何が書類だよ、だってあの人は、本当の名前は決して言おうとしなかったんだよ。名前はないって、母親が話しかけたり、声をかけたりするときも、おい、このバカ、うすのろ、悪魔っ子としか呼ばれなかったし、おまえは生まれたときに殺すんだった、川の底に沈めてやるんだったと言われてきたって話だもの。なんて親だよ、クソばばあ。でも、あんなことになったのを見たら、母親が閉じこもってたのもうなずけるね。かわいそうな魔女、かわいそうなきちがい、せめて首を切ったジャッカルどもが捕まってほしいよ。

3

その日、ジェセニアは朝早くに川で水浴びをし、帰ろうとしたところで、そいつを見かけた。靴をはかず上半身裸で、焦げた缶を胸に抱き、どこかでつまずいたのか膝をすりむいて、よろけながら野道をやってきた。きっと酔っぱらうか麻薬でラリっていたのだろう、近づいてきて、しかも悪びれる様子もなく、川はどうだったかとたずねてきた。もう三年も口をきいていないというのに、何事もなかったかのようにしゃあしゃあと、従弟のクソガキが声をかけてきたのに腹がたち、彼女は顔も見ずに思いきりそっけなく、気持ちよかったと答え、くるりと背を向け、家のほうに歩きだしてから、言ってやればよかったと悔やんだのだった。あいつの無茶苦茶のせいで自分たち家族がどんな目にあい、どんな不幸にみまわれたことか。まずは祖母の病気だ。怒りのせいで体のこちら半分が麻痺してしまい、翌年には転んで腰骨を折り、それが治らないますますっかりやせ細ってしまったのを見ると、もうよくならないのではないかと心配になった。それでも気性のはげしさはあい変わらずで、祖母は、あの子はいつ会いにくるのかだの、なぜ嫁を紹介しに来ないのかだの、クソガキのことをうるさくジェセニアに聞いてくるのだった。だいたいどこでそんな噂を聞きつけるのか。聞かないほうがいいことに限って知っているのは、おおかたグエラス家のおしゃべり女どもが、よそから来た女の子と一緒にいるとか、あのふしだらな母親の家の裏に建てた離れに住んでいるとか、吹きこんだのだろう。祖母は、四六時中、ジェセニアを質問ぜめにした。その女の子とやらはどんな子なんだい？　なんで一緒になったんだい？　ひょっとして子どもができたのかい？　その子は働き者かい？　料理や洗濯はできるのかい？　ジェセニアがあの恥知らずなクソガキと何年も話していないことなどおかまいなしに、一から十まで知りたがり、彼女の口から何もかも聞きたがった。あの臆病者ときたら、悪さの現場をジェセニアに見つかった日に、祖母に本当のことを言いつけられるのを恐れて、家を飛び出してそれっきりだ。真実を知れば祖母は、孫息子がふらふら遊んでばかりのしょうもないちんぴらで、あれほどよくしてもらいながらありがとうも言わない恩知らずだとようやくわかっただろうに。あいつの母親ときたら、自分は街道の売春宿で稼いで好きほうだいにしているくせに、息子にはろくに食べ物もやらずに、虫のわいた小汚い背負い籠に入れてほっぽらかしていたから、祖母がいなければ、あいつはとっくに死んでいただろうに。そういうことを考えると、ジェセニアは腹が立ち、あの感謝知らずのクソガキのことや、子どものことはまかせておけと、ろくでなしのマウリリオ伯父にうけあった祖母の愚かさを思って肝臓まで痛くなった。伯父の相手が、金を払えば誰にでも股を開くあの娼婦だとわかっていただろうに。でも、この子、マウリリオと似てないじゃない？　祖母が孫を引きとることにしたのを知ったとき、伯母のバルビは祖母に言った。うん、うちの誰にも似てないよ。垢まみれの子どもがうちに来て、子ザルのように祖母の首にかじりついているのを見たとき、ジェセニアの母親のネグラも言った。ママったら、マウリリオとあのあばずれは、ママのこと見てにんまりしてるにきまってるよ。いつもあたしたちには、最悪の事態を疑っては、「娘の子は孫だけど、息子の子はどこの子やらだからね」って言ってるくせに、わけわかんないと。だが、祖母はゆずらなかった。家族みたいにあの子を引きとるのは間違ってるよ、マウリリオが父親かどうかもわからないのに、施設に預けるほうがいいよ、ママ、やめて、といくら言い募っても、人間の力ではどうにもならなかった。かわいそうに病気で、我が子の面倒も見られない最愛の息子マウリリオのよるべのない一人息子を、ドニャ・ティナがほうっておくわけにいかないだろ、ラ・マトサに来たばかりの頃、わたしのために学校をやめて食堂のきりもりを手伝ってくれたマウリリオにいやだなんて言えるもんか、おまえたちが、トレーラーの運転手やら精糖工場の日雇いなんかとよろしくやってるあいだにさ、と祖母は反論した。祖母は機嫌をそこねると、悪いことばかり思いだした。そのくせマウリリオのことは溺愛して、うちの商売のためにに学校をやめてくれたと言いたがったが、そんなのは、息子が自分を愛していると思いたい祖母の幻想で、実際は出来が悪く怠けて遊び歩いてばかりだから退学させられただけの話だった。そして、マウリリオは、祖母の食堂で金を払えなかった酔っ払いが飲み代のかたに置いていったきり、とりにこなかったギターを弾いて歌い、街道の飲み屋に入り浸った。誰にも教わらずに、裏庭の桑の木の下でコードを押さえて鳴る音を聞き、ビジャのミサで若い宣教師たちが弾くのを見て、一人で弾き方を覚え、見よう見まねで歌を覚え、下品な曲を自分で作るようになり、すっかり自信がつくと、祖母のところに来て告げた。ドニャ・ティナ――マウリリオは、祖母のことをママとかママシータではなく、きどってそう呼んでいた――、俺はこれからミュージシャンになって街道で働くよ、期待も絶望もしないでくれ、できるだけ早く金を送れるようになって、楽させてやるから、と大口を叩いて出ていった。彼は小柄でみなにかわいがられ、酔っ払いたちは、大きな帽子をかぶった若いのがにぎやかに場を盛り上げるのをおもしろがり、北部の音楽に人気が出始めていたのも幸いした。マウリリオは北部の音楽が好きで、服装も北部をきどって、当時の写真を見るといつでも、デニムのズボンに、先の尖った靴を履き、白と茶色の革のメッシュのベルトをしめ、眉毛が隠れるほど帽子を目深にかぶり、ビールを手に葉巻をくわえ、女たちに囲まれていた。女たちにちやほやされていたと言うが、それは音楽よりもやんちゃな外見からだろう。その証拠に、楽団に誘われることはなく、本当に音楽で稼げてはいなかった。おなさけで客にめぐんでもらうだけで、家に金を入れるどころか、あいかわらずドニャ・ティナのお荷物になる一方で、彼女は年じゅう何のかのと援助したが、金を貸しても返ってくることはなかった。しかも、しょっちゅうばか騒ぎをしてものを壊しては祖母に弁償してまわらせたあげく、マタコクイテの人妻に熱をあげて、その夫を殺すというバカをやらかして捕まり、ドニャ・ティナは数年にわたって毎日曜日欠かさず、プエルトの刑務所まで面会に通いつめる羽目になった。ある日マウリリオが飲んだくれていると、ビジャで彼のことを聞いてまわっている奴がいる、妻を寝取られたといって、マウリリオ・カマルゴを見つけたら生かしておかないと騒いでいると告げられた。夫に殴られて人妻がすべて白状したらしい。マウリリオは飲んでいたテーブルから立ち上がり、自分の家族を泣かすよりは、向こうの家族が泣くほうがいいといって、抱えていたギターをあずけ、ヒッチハイクでビジャに行き、運命に立ち向かった。彼がたどりついたとき、寝取られ男は運よく飲み屋のトイレで小便をしていたので、マウリリオは、ブーツの中に常に仕込んであったナイフを、前置きなしにそいつの背中に何度もつき刺し、殺人罪でつかまって九年の実刑を受け、プエルトの刑務所に入れられたのだった。その九年のあいだ、ドニャ・ティナは毎日曜日、一人で面会に通い、ラレイ（メキシコのタバコの銘柄）やらこづかいやら、ビジャで買い集めた石鹸やら食べ物やらを差し入れした。祖母は、四人たちにいやらしい目で見られるからと、ジェセニアや孫娘たちを連れていこうとせず、路面電車を乗りまちがえるのをおそれて、プエルトのバスターミナルから刑務所まで歩いて最愛の息子に会いに通ったが、出所して一年もたたず、まだ青春を謳歌しているときに、刑務所でもらったわけのわからない病気で、神様はあまりにも早く彼女から一人息子を奪っていったのだった。祖母は、たいしたことはない、衰弱しているのは、長く閉じ込められていたからで、前に同棲していたあばずれが、ほかの男と逃げてしまったから落ち込んでいるだけだと言っていた。だが、ネグラとバルビは、マウリリオはきっとエイズだと言い、病気がうつるといけないからと娘たちを近づかせず、しまいに祖母もどら息子が死んでいこうとしているのを否定できなくなった。だが、祖母は彼を救いたい一心で、石油会社の社員のために建てられたビジャで一番高い病院に入院させ、その入院費や治療費を支払うために、街道ぞいの食堂と土地を売るしかなくなり、ネグラとバルビはそれを知ると天に向かって絶叫し、髪をかきむしった。どうしてママはあたしたちのたったひとつの財産を売っぱらうようなことができるの？　そのために何年もがんばってきたのに。これから何で食べてくつもり？　マウリリオのバカはどうせ死にかけていて、医者だって、もう望みを持たず、葬儀の準備を進めておくほうがいいと言っているのに、と二人が言うと、祖母は気が違ったようになって、おまえたちは欲の皮のつっぱった性悪だ、食堂はわたしのものだ、おまえたちのものじゃない、どうしようとわたしの勝手だ、売るのが気に入らないならどこへなりと行ってくたばっちまえ、とぐろを巻いてる毒蛇、エゴイストのやきもち焼きめ、助からないなんてよくも言えたね、神様に守られて、マウリリオはこの先何年も生きて、この子だけじゃない、ほかにも何人もの息子や娘が大きくなるのを見届けるんだ、と娘たちを罵った。すると、バルビとネグラは、そんなら、ママも食堂もマウリリオのバカもみんな一緒にくたばればいい、あたしたちは出てくから、あたしたちにも娘たちにも、もう二度と会えないからそのつもりでね、そう言い捨てて、身の回りのものをまとめ、娘たちの手をとったが、祖母はとびかかっていって玄関で孫たちをひきとめて言った。おまえたち、いつこの子たちを連れていっていいなんて言った、自分たちと同じように娼婦にするつもりかい。ネグラとバルビは逃げおおせたが、どんなにわめこうが蹴飛ばそうが、祖母が手を離そうとしなかったので、孫たちは祖母のもとに取り残され、娘たちは二人だけで、油田のおかげで働き口がたくさんあると言われている北部に向かい、とうとうマウリリオが事切れたときにも戻ってこなかった。だが、戻らなかったのは幸いだった。聖人のような一人息子にふさわしい葬式をするのだと言って、祖母がありもしない金を使うのを見たなら、罵声をあげ続けただろうから。祖母は、村でもう何年も見たことのないような葬式をし、会葬者全員に子羊のタマルをふるまい、北部からマリアッチの楽団を呼び、みんなが酔っ払ってマウリリオのために思う存分泣けるように、サトウキビのアグアルディエンテを何ケースも運びこみ、さらに、ビジャの墓地の一番いい場所に、礼拝堂ほどありそうな墓を発注した。十年たったら別の遺体を埋葬するために前の遺体を掘り出すような共同区画に、最愛の息子を埋葬することなどドニャ・ティナはできなかったからだ。自分はこの先何年生きられるかもわからない、卑劣な毒蛇のような娘たちにまかせて、共同区画に入れられたら、マウリリオの遺骨はどうなってしまうだろう。だから彼女は、ラ・マトサの家一軒より高い金を出して永久区画を買い、大理石とタイルでできた非常に趣味のよい墓石の下で安らかに眠る、ビジャガルボサ家や、コンデ家、そのいとこのアベンダニョ家といった、村の名士たちの遺骨と親交を深められるよう、彼らの墓の真ん中にマウリリオ・カマルゴのレモンイエローに塗られた墓を建てた。そして、ビジャの村の入り口のガソリンスタンドの脇に、三輪車でジュースの露店を出して稼いだ金で、何年もかかって葬儀と墓の代金を支払い、病気になるまでは、毎朝明け方に起きて三輪車をこいで市場まで行き、季節のオレンジャらニンジンやらビーツやらみかんやらマンゴーやらを袋につめてどっさりつみこんだ。一方ジェセニアは家で、年下の従妹たちやマウリリオの息子である従弟のお守りをさせられ、とんでもないろくでなしになった従弟のクソガキに人生をかき乱された。祖母が留守のあいだ、従妹たちやクソガキの世話を押しつけられ、何かあると最年長だからと、祖母からさんざん罵られ鞭打たれるのはジェセニアだったからだ。いたずらの責任をとらされるのもジェセニアなら、クソガキが店の飲み物を万引きしただの、よその家に勝手にあがって食事を食べ、そこらにあった物や金を盗み、年下の子を殴っただの、マッチで火遊びをして、グエラス家の物置と鶏小屋を燃やしそうになっただの、トラブルがあるとかわりにあやまり、弁償してまわるのもジェセニアだった。しかも、しでかした当の本人は涼しい顔。いたずらをしたクソガキにおしおきをしない祖母に対して湧き上がる怒りも堪えなければならなかった。ジェセニアが、従弟が日中にやった悪さを並べたてても、祖母は、何を大げさな、だって、まだ子どもじゃないか、悪気はなかったのさ、子どものすることさ、ラガルタ、ほうっておおき、あの子の父親もいたずら坊主だったからね、あの子は似たのさ、そっくりさ、ととぼけてみせた。そっくりだ、瓜二つだなど、嘘ばかりで、似ているところがあるとすれば、ばかで救いようがなく、祖母にいい顔をしてみせるところだけだったのだが。祖母がいつでも野放しにしておくので、クソガキはまるで野生動物のように育ち、ほうっておくといつでもどこかに逃げ出して、夜でさえいなくなった。祖母は、男の子というのはそんなふうに、何も怖がらないように育てるものだとすましていたが、探してとっつかまえてきて、体を洗い、服のほころびをつくろい、山でもらってきたノミやシラミをとり、ひっぱたいたりこづいたりして学校にひきずっていくのはジェセニアだった。もちろん祖母の前では叩いたりしない。叩くのは誰も見ていないときだけだったが、ジェセニアは怒鳴るのにも、自制心を失うのにも、髪をひっつかむのにも、殴りつけるのにも、時には、死んでしまえ、くたばってしまえ、これ以上自分を苦しめないでくれと思ってやせっぽちの体を壁に叩きつけるのにもあきあきしていた。クソガキときたら、トカゲの意味のラガルタという呼び名で彼女を呼んだ。醜くて色黒でやせている外見が、二本足で立ち上がったバシリスクそっくりだと言って、子どもの頃に祖母につけられたあだ名を彼女は心から憎んでいたが、あまりにぴったりなので村じゅう誰もが知っていた。ラーガルタ、ラガルタ、あそこに毛がある、ビジャに行くバスの中や、買い物の列に並んでいるときに、鼻たれのクソガキがはやしたてるのを口さがない人たちに聞かれて笑われ、ジェセニアは、黙りなさい、このクソガキと、頬を叩き、どこかをつねりあげ、爪で少年の皮膚が傷つく感触がすると、蚊にさされたところをかくうちに血がにじんだときの安堵にも似た強烈な喜びに満たされた。叩いたあとは従弟が嫌がらせをやめ、おとなしくしているところを見ると、おそらくはあちらも、何がしかの安堵を感じていたのだろうが、あとで祖母にアザや傷が見つかると、かっとなって少年におみまいしたのの何倍もの殴打が返ってきた。祖母にリュウゼツランの葉を濡らしたムチで尻や背中をひっぱたかれ、うっかり手でおおいそびれようものなら口まで打たれ、時には怒りの矛先は幼い従妹のボラやピカピエドラにも向けられ、一番行儀がよくて、祖母に刃向かったことのないバラハまでまきぞえをくったが、クソガキはただつったって、女の子たちがひっぱたかれ、罵られるのを眺めていた。役たたずのすねかじりの能無しが、動物以下だね、こんなことなら母親に連れていってもらえばよかったよ、それか道端にほうりだしておけば少年院に入れてもらえただろうに。あそこじゃレズの連中が、ほうきの柄で手ごめにするらしいからね。バカ娘、尻軽女と祖母がわめくのは、ふいに頭が混乱して、ジェセニアをネグラと、ピカピエドラをバルビと取り違えるからで、どちらも夜中に家を抜け出して体を売ったことなどないのに怒鳴られるのだった。それもこれも、ボラのせいだった。十五歳になるとボラは夜こっそり抜け出して、グエラスの末娘とマタコクイテに踊りに行くようになり、バス代と入場料のお金を祖母の財布からくすね始めた。ちょっとばかり冒険し、恋人を作りたいというだけのことだったが、ある夜、ボラがベッドにいないのに祖母が気づき、孫娘全員を叩き起こして、村中探してバカ娘を連れて帰れ、見つけてこなかったらただじゃおかないよと怒鳴りつけたので、彼女たちは犬に吠えられながら、ラ・マトサじゅうの家を一軒一軒訪ね歩く羽目になった。そんなことをすれば、次の日には、ボラはもう処女じゃなくなったという噂が広まるに決まっていたのだが。しばらく歩くと、ジェセニアはバラハをおぶって、眠い眠いとべそをかいている、まだ小さいピカピエドラを足でおいたてなければならなかった。午前二時の鐘が鳴ってもまだ、ボラはどこにも見つからず、かといって祖母が怖くて家に帰ることもできないので、グエラス家の庭にしのびこんで鶏小屋に隠れることにした。あそこなら犬がなついていて、かみついてこないからだ。ところが、なんということか、行ってみると、そこにボラがいた。祖母が腹をたてて、従姉妹たちに自分を探し出せと命じたのを知って、隠れていたのだった。ジェセニアがボラの髪をひっつかんで鶏小屋からひっぱりだすと、その騒ぎでグエラスの娘たちの母親、ドニャ・ピリが目を覚まし、祖母の家まで一緒に行ってやろうと申し出た。ドニャ・ティナをなだめるためと言っていたが、口軽女め、ゴシップをいち早く聞きつけたかったからに決まっていた。ボラは泣きながら家に入り、祖母はただ黙ってそれを眺め、ドニャ・ピリに見られているのに気づくと、やってられないとばかりに首を振って女の子たちを寝に行かせた。だが、孫娘たちは、祖母がぶちにこないかと気が気でなく、怖くてそのあと一睡もできなかった。祖母がどういう人間か、よく知っていたからだ。祖母は、何があっても決してただではすませず、時にはそれですんだかと思わせておいて、ベッドでうとうとしかけたところや、二日後にボラにしたように、風呂あがりにいきなりリュウゼツランの鞭を持って現れ、彼女たちの尻をめったうちにした。覚えてるよね、でぶちんが。祖母は、歌いながらシャワーを浴びたボラが裸でびしょびしょでいるところをつかまえ、ひっぱたいたうえに、明日からもう学校のことは忘れな、おまえはわたしと一緒にジュースを売りにいくんだよ、金を稼ぐのがどんなにたいへんか思い知るがいい、と言い放った。それはボラにとって、それまで祖母から受けたすべての殴打を合わせたよりもつらいことだった。かわいそうなでぶちん、学校に行って先生になるという長年の夢がはかなく消えた。それでもいつか高校を卒業すると言っていたけれど、祖母に学校をやめさせられたとき、もうバネッサがお腹にいたので、復学して卒業証書をもらうことができなかった。なぜか祖母は人の顔を見ただけで、その人が悪さをしていないかどうかわかるのだった。目から出ている二つの光線が相手の頭を貫いて、していること、考えていることをすべて見通すかのようだった。そして、どんなお仕置きが一番こたえるかもなぜかわかっていた。ジェセニアは、鶏の解体用のハサミで祖母に頭を丸坊主にされた夜のことを忘れられなかった。ジェセニアもときどき夜、家を抜け出していたのを知られたからだったが、彼女の場合、おバカのボラと違って、踊りに行ったり男と遊んだりして楽しむためではなく、クソガキのあとをつけて行き先をさぐり、噂されているような悪さの現場を押さえて祖母に知らせ、あいつがどれほど不良で、ふらふら酒や麻薬をやるばかりのワルかをわからせてやろうと思ってのことだった。ジェセニアが早起きして、朝一番で水浴びをしに出かけ、川で見かけた日もそうだった。裸足でシャツも着ずに、蛇の巣みたいに髪をぐちゃぐちゃにし、麻薬のせいで赤くなって焦点が合わない、どこを見ているかわからない目をして、街道をうろつく頭のおかしい連中みたいにぶつぶつ独りごとを言いながら、煤で汚れた手にすっかり焦げて黒くなった缶を持って、へらへらとバカみたいな笑みを浮かべて、ジェセニアに川はどうだったとたずねたのだ。ぬけぬけと話しかけられて、彼女は腑《はらわた》が煮えくりかえり、顔を見返しもせずに気持ちよかったとこたえ、胃をきりきりさせながらその場をあとにしたが、家に着くまでずっと、三年前からあのろくでなしのちんぴらに言ってやりたいと思っていたことと、あんなふうにいきなり現れたのでなければ訴えてやろうと胸にかかえてきたことを思いめぐらした。村の中で彼と出くわしたのは、あれ以来それが初めてだった。腰抜けのクソガキは、彼女と会わないように、バンパイアよろしく夕方か夜になってから家を出て、酒を飲むか麻薬をやっているごろつきどもと合流し、暗くなってビジャの公園を通りかかったうっかり者から金を巻きあげたり、町の酒場にいりびたっている不良連中と喧嘩をしたり、街灯の電球を割ったり、公園のまわりの閉まっている商店の壁やシャッターに立ち小便をしたりしていた。仕事もせずふらふらしているちんぴらたち、役立たずで人にたかることしか知らない、頭のいかれたヤク中たち、ああいうやつらはみんな刑務所にぶちこんで、怒鳴ったり殴ったりいためつけてやって、それでもなお、公園を通りかかった軽率な少女や、時には少年にいたずらするときのように大きな顔をしていられるのか見てやればいい。警察は、あのごろつきどもがホテルマルベージャのオーナーとぐるになっていることや、暗くなった公園や、居酒屋のトイレや、街道の怪しげな飲み屋や、線路裏の廃墟になった倉庫であいつらが吸っている麻薬を買う金をどこで手に入れているかを知らないわけでもあるまいし。廃倉庫にゲイが集まって、昼間から犬のような卑しい行為にふけっていることは周知の事実だった。ジェセニアは、自分の目で見て、そういったことを確かめていたし、何日もクソガキが帰ってこず、それ以上祖母をごまかせなくなって、そういういかがわしい場所からクソガキを連れて帰ったことは、両手、両足の指で数えられないほどあった。しまいにグエラス家の女たちが、あいつについて村で言われている噂をしに来たけれど、祖母は、そんなのはでたらめだ、そんなわけがない、孫はグティエレス・デ・ラ・トレの農園でライムの収穫の仕事をしている、魔女の家にいりびたってるなんてのは嘘八百だ、人の噂をするしか能のない嫉妬深い連中の誹謗中傷だといって取り合わず、ジェセニアもその時はまだ、自分の目で見たことや、グエラスの奥さんが誰かれとなく話していることを祖母に言い出せず、黙っていたのだった。祖母が、垢まみれのクソガキを家に連れてきた日に、最初にバルビが予言したとおりだった。その子は今にマウリリオみたいなごろつきか、もっとひどいのになるよ、と彼女は言ったのだ。マウリリオについては悪い噂しかなく、ろくでなしの酔っ払いだとか、女を食い物にしているとか、あげくに麻薬に溺れ、しまいにあの病気をうつされて命を落としたと言われていた。だが、少なくともマウリリオは、村のホモたちとカマを掘ったり、魔女の家に入りびたったり、ジェセニアが祖母に髪を切られ、犬は庭で寝ろと言われて外に追い出されたあの夜に確かにその目で見たような乱交パーティーをやったりはしていなかった。グエラス家の女たちが話すまでもない。すべてを見たジェセニアは家に駆け戻り、祖母を起こして、祖母のかわいい孫息子が今その瞬間、どんな卑しいことをしているか話してやろうとした。祖母の目を覚まさせよう、大事に育ててきた孫息子が、どんな不良に育ったかをわからせよう、最年長なのだからちゃんと従弟妹たちの面倒をみろ、グエラスの奥さんたちがまるで本当のようにふれまわっている噂や、ひまったらしい連中がばらまく中傷をでっちあげるなと言って彼女をとがめるのをやめさせようと。だが、祖母は何一つ信じなかった。彼女のことを怒りに燃える目でにらみつけ、ラガルタ、おまえはそんな根も葉もない嘘をふれまわるしかやることがないのかい、妬みそねみばかりつめこんで、頭がいかれてるよ、不良みたいに夜中にほっつき歩いて、しかも従弟を悪者扱いするなんて恥ずかしくないのかい？　こうすりゃ、そんなことをする気がなくなるだろうよ、そう言って祖母は、鶏をぶつ切りにするハサミでジェセニアの髪をじょきじょきと切ったのだった。そのあいだジェセニアは肉まで切られやしないかと怖くて、トラックにヘッドライトを当てられたフクロネズミのように足がすくんで身動きできず、そのあとは、野良犬のように庭で夜を明かした。いやしいけだものにはノミだらけの藁布団さえもったいないと言って、外に追い出されたからだ。服の中に入った髪の毛を払いおとして、目からあふれだした涙がかわくまでにはだいぶかかり、とうとう夜の闇に目が慣れてくると、ジェセニアは物干し綱にしていた麻ひもをほどき、湿気でぶくぶくになっていたしっくいが落ちるまで家の壁を叩き続け、次に台所の窓の下にあった木を丸裸にした。その頃、羊を飼っていなくて幸いだった。いたなら殺すか、従妹たちが止めにはいるまで叩き続けていただろうから。また、ジェセニアは、クソガキを殺すつもりだったので、彼がその後二度と家に帰らなかったのも幸いだった。彼がよろけながらへらへらと帰ってきたなら襲いかかろうと、ジェセニアはその後毎夜、切れないマチェーテをかかえて玄関の暗闇に身を潜めていたからだ。クソガキは、何事につけちゃらんぽらんで、ジェセニアに殴られようが祖母に涙ながらに懇願されようがいっこうにこたえず、自分のことしか考えていなかった。それとも自分のことも考えていなかったのかもしれない。麻薬のせいで頭がまともに回転せず、ろくでなしの父親同様、何も考えず、自分がみなに与えている苦痛もわからなくなっていたのか。今に、あの親みたいになるよ、とバルビが言い、そうそう、蛙の子は蛙だよ、だって、あの母の子だからね、とネグラが言ったとおり、確かにクソガキは、母親同様の汚い豚野郎になりつつあったからだ。彼の母親についてはよからぬ噂が数々あり、彼女のせいで、ある運送会社の運転手七人が死んだとまで言われていた。みなエイズで、陰で言われているとおりマウリリオも入れるなら、死者は七人ではなく八人になるのだが、何より腹立たしいのは、彼女だけはぴんぴんしていて、体の中が腐っているようすが少しもないことだった。顔がやつれることもなく、豊満な体を保ち、愛人である若い金髪の男が経営する淫売屋で働いていた。その金髪は、そのあたりで麻薬を運ぶために、北部の麻薬団グルーポ・ソンブラが送りこんできた男で、ミラーグラスのはまったピックアップトラックを乗りまわし、ビデオにも出ていた。みなが携帯電話で回しあっている有名なビデオで、その中で彼は、まだほとんど子どもでしかない少女、麻薬のせいか具合が悪いのか、顔を上げることもできない少女を相手にぞっとする行為に及んだ。彼らは、国境近くであわれな未成年の少女たちをさらっては、売春宿で奴隷のように働かせるのだと言われていた。そして、セックスをするのに役立たなくなると、ビデオの中でして見せているように、子羊のように殺して切り刻み、街道ぞいの食堂に、このあたりの名物料理のタマル用のいい肉だと言って売りさばくらしかった。祖母が食堂で作っていたようなタマルだが、祖母のタマルには、女の子の肉ではなくて、祖母が庭で殺すか、ビジャの市場のチュイさんの店で買ってきた子羊の肉が入っていた。他人をねたんで、自分と関係のないことに首をつっこむしか能のないグエラス家の女たちが言うように犬の肉ではなかった。あの女たちのせいで、ジェセニアは祖母から、クソガキのことや彼が一緒になった子のことを、しじゅうたずねられるようになった。まるで彼女が、あの不良のあとを追いかけるほかにすることがないか、一日中、祖母の世話や食事の仕度や洗濯をしたり、ぜんぜん言うことをきかない、怠け者の従妹たちを小突いて言うことをきかせたりする必要などないかのように聞いてくる。グエラス家の女たちがよけいな話をしなければ、すべてはあの日ジェセニアが計画したとおりになっていただろうに。五月の最初の月曜日、バネッサを連れてビジャに行ったジェセニアは、小間物屋の店主のマリーが客と、その日の朝、ほんの数時間前に精糖工場のそばの用水路で魔女の死体が見つかったと話しているのを耳にしたのだった。首を切られ肉が腐乱し、ヒメコンドルについばまれたおぞましい姿に、リゴリト警察署長は吐き気をこらえきれなかったというのを聞いたとき、ジェセニアはその場で体が固まり、前の金曜日に見たことが頭によみがえってきた。金曜日の朝早く川に水浴びに行った後でジェセニアは、裸足でシャツも着ずに、よろよろと歩いているクソ従弟に出会ったのだった。川はどうだったとたずねられたので、気持ちよかったと答えたあと、あの恥知らずに罵声を浴びせ、彼のせいでどんなひどい目にあってきたかをぶちまけてやりたくてたまらなくなったが、出かかった言葉を飲みこんでくるりと背を向け、家にもどった。その日、川で彼に会ったことは誰にも話さなかったし、ましてや、その数時間後、同じ金曜日の午後の、たぶん二時か三時頃、もう一度そのあたりで彼を見かけたことは、祖母にも従妹たちにも話すことができなかった。庭の洗い場で、祖母がおもらしで汚したパンツとねまきをごしごしこすっているとき、道をのろのろと車が走ってくる音がして、見ると、青だか灰色だか、泥だらけで何色かよくわからないバンが走っていった。従弟を産んだ淫乱女の夫、みんなからムンラと呼ばれている男の車だった。ムンラは片脚が悪い、能無しの酔っ払いのヒモで、クソガキはあちこち出かけるのにいつも彼の車に乗せてもらっていた。窓をおろしてあったし、そんな車を持っている者はほかにいないので、ムンラが乗っているのははっきりわかったが、あとは誰が乗っているのか、もしかすると祖母に会いに来るつもりでクソガキも乗っているのかはわからなかった。よく見ようと、濡れた手を庇のように額にかざしてみたが無駄だった。その朝からずっと心の中でうずまいていた恐れと怒りで、心臓がドクンドクンと強く打ち始めた。あのクソガキがいきなり目の前に現れて、祖母を興奮させるのではないかという恐れと、家を出てから、あいつが祖母にもたらしたすべての痛みへの怒りだ。服を洗い桶に置いて、車の行方を追って道のほうに出ていくと、恐ろしいことに二百メートルほど先の、魔女の家の前で止まるのが見えた。日差しがまともに当たって涙がにじんだが、今にもクソガキがおりてきそうで、ジェセニアは一時たりともバンから目をはなさなかった。だが、そのとき祖母がうめき始め、ほかに誰もいなかったのでジェセニアは駆けつけなければならなかった。従妹たちはそろそろ学校から帰っていい時間だったが、いつものようにぐずぐず寄り道しているのだろう。そんなわけで、また庭に出られたのはだいぶたってからだったが、バンはまだ同じ場所に停まっていたので、ジェセニアは少し気持ちを落ち着けて、ときおりちらちらと道のほうに目をやりながら洗濯物をゆすぎ、つけてあった服をしぼった。魔女の家のドアがいきなり開いたのは、洗濯物を干そうとしたときだった。二人の若者が、気を失うか泥酔しているかのような、もう一人の人物の腕と脚をかかえて運び出すのが見えた。若者のうちの一人は従弟のルイス・ミゲルことマウリリオ・カマルゴ・クルスに違いなかった。あのクソガキでなかったなら、手を切り落としてくれてもいい。だてに子ものときから世話してきたわけではない。あのちりちり頭を見れば、十キロ先からでもわかる。それに、体格と黒ずくめの服装からして、二人がかかえているのが魔女なのも間違いなかった。ジェセニアが覚えている限り、いつでも魔女はそういう格好をしていた。従弟と一緒にいるもう一人も見覚えがあった。いつも何をするでもなく、公園でぶらぶらたむろしている若者たちの一人だ。名前も、何と呼ばれているかも知らなかったが、背は従弟と同じ百七十センチくらいあって、やせ型で体はしまり、黒い髪を短く刈りこみ、今の若い子がよくするように、前髪だけ立てていた。五月の最初の月曜日に面倒くさそうに応対した警官に、それらすべてを話し、そのあと役所の係官にも同じ話をした。従弟の本名、住んでいる場所、その金曜日の午後に見たことと、クソガキについて言われていること、気づかれないように魔女の家まで従弟をつけていった夜に彼女が自分の目で見たこと、孫がどんなクソ野郎か気づかせてやろうとジェセニアが話したのに、あの夜、祖母が信じようとしなかった蛮行を。祖母は、そんなのは、心がいやしく汚れたジェセニアの作り話だ、家を抜け出してほっつき歩いているのは彼女のほうだろうと言って、彼女の髪をひっつかんで台所にひきずって行き、鶏の解体用の巨大なハサミを手にとったので、ジェセニアは一瞬、喉に突き刺されると思って、台所の床に飛び散る血飛沫を見まいと目をつぶったが、そのとき、頭蓋骨にハサミのへりがあたるのを感じ、髪をじょきじょきと切る音が聞こえた。彼女が大事に手入れしてきた髪、従妹たち全員に、テレビ女優の髪のようだと羨まれている、自分の体の中で唯一きれいな、つややかなストレートの黒髪だった。みんなみたいな硬いくせっ毛でも、祖母みたいな、黒くてちぢれた羊の毛――そう本人が言っている

――でもない髪。目が緑色で、イタリア人の血が流れていると自慢しているバルビだって、髪はたいしたことがなく、一番醜いラガルタ、やせっぽちで誰よりみっともない彼女だけが、絹のカーテンのように肩にかかる、青みをおびたビロードの滝のような見事な髪をしていた。その髪を祖母は、男を追いかけて夜中に家を抜け出したみせしめにと、まるで精神科病院の入院患者にするようにちょんちょんに切り落としたのだった。ジェセニアは、服の中に入った毛をはらいながら、自分の美しい髪を思って泣き、それから物干しの綱をひきぬいて、家の壁と、窓の下の木が、自分と同じ丸坊主になるまで叩き続けた。そのときには、もう怒りの涙も悲しみの涙も止まっていて、祖母が寝室で孫息子を思って悲嘆にくれる声とすすり泣きやうめき声が聞こえるたびに、ジェセニアは冷たいナイフを心臓につきたてられるような気がした。何もかもあのクソガキのせいだと、ジェセニアは思った。あいつのせいで今に祖母は死んでしまうだろう。何はともあれ、祖母はジェセニアにとって母親のような存在だった。ネグラとバルビはお金を送ってきもしなければ、自分の娘たちのことを思い出しもしないようだった。あのしょうもないごろつきは死ななきゃいけない、なんなら自分があの世に送ってやる。ジェセニアは、庭の暗がりで待ち伏せし、明け方いつものように、あいつがこっそりと家にもぐりこもうとするところを捕まえて、洗濯桶の下で見つけた、一センターボ玉みたいな匂いがする錆びついて切れないマチェーテで顔や首を切りつけてやるつもりだった。このくそったれ、どこまでやれば気がすむの、ばあちゃんをこれ以上苦しめるんじゃないよ、と言って切りつけ、死んだら庭の奥に穴を掘って埋めてやろう。祖母が警察につきだすなら、喜んで捕まってやる。やることをやって、祖母をあいつから解放してあげたなら思い残すことはない。だが、クソガキはその夜も次の夜も戻ってこなかった。一週間しても、一か月しても、二度と祖母の家に戻らず、服や持ち物をとりに来もしなければ、ましてや祖母に別れを告げ、今までありがとうと礼を言いもしなかった。あいつが産みの親のところにいるというのを祖母に話したのはグエラス家の女たちにきまっている。我が子のように育ててきた自分ではなく、あんなあばずれのほうがいいのかと、祖母はひどく気分を害して、悲しみのあまり二週間後の夜、脳溢血を起こし、朝が来たときには体のこっち半分が麻痺してしまい、さらにその一年後には風呂場で転倒して寝たきりになった。それが今、クソガキが人を殺して、刑務所に入れられるなどということをうっかり聞きつけでもしたら、きっとマウリリオのときのように面会に行って、お金や食べ物やタバコまで届けたがるだろう。服を着せて、ビジャの警察署に行くからタクシーを呼べとジェセニアに命じるだろう。タクシー代などはした金だとでも言うように。もう二年近くベッドに寝たきりで、背中にも尻にも床ずれができているというのに、まだ歩く力があると思っているかのように。だめだ。祖母は、あいつが人を殺したことも、警察に通報したのがジェセニアだということも、五月の第一月曜日に、小間物屋の店主が話すのを聞いて警察署に行き、逮捕されるように氏名と居所を告げたのが彼女だということも絶対知ってはならない。小間物屋で話を聞いた直後、ジェセニアは呆然となって、もし自分が金曜日の朝と午後に従弟を見たことを警察に話したらどうなるだろうと思い巡らした。もし祖母がそれを知ったらどうなるだろうと思いはしたが、あのクソガキのバカ野郎へのあらゆる憎悪と、刑務所に入れられるところを見てやりたいという願望を抑えきれなかった。おばかなバネッサは、伯母のあまりに真剣な形相にすっかりおびえきっていた。今すぐ、家に帰りな、しまいにジェセニアは彼女に命じた。まっすぐ家に帰って、あんたのお母さんや叔母さんたちに外に出るな、誰も、誰ひとり家に入れるなって言うんだよ、わかったね。あのろくでもないグエラスの奥さんたちはもってのほかだからと。なのに、何を間違えて知らせにきたのだろう。あの女たちときたら、アンテナでもあるのか、それとも半分魔女なのだろうか、聞いたら祖母がどんなに悲しむかわかってるくせに、あいつが魔女殺しのかどで刑務所に入れられたなどと、どうして話しにきたのか。でも、通報したのがジェセニアだと、グエラスの奥さんたちが知るわけがない。ならどうして祖母は、ジェセニアが教えたとわかったのだろう。だって、夜になって家に帰って、どんな具合かと涙を流しながらかがみこんだとき、祖母の目を見たとたんにジェセニアはわかったのだ。警察のやつらに無理やり検察庁に連れていかれて、もういちど最初から話させられて、とんまな係員が、彼女がサインする調書をもたもたと入力するものだから、ジェセニアがようやくラ・マトサに帰れたとき、もうあたりは暗くなっていた。家の電気が全部ついているのを見たときに、何かおそろしいことが起きたのがわかり、祖母の部屋に駆けこむと、祖母は、叫ぼうとするように口を開き、目をむいて天井をにらみつけ、ベッドの上でもだえていた。険しい顔ですべてを話してくれたのはボラだった。あいつが警察に捕まって、魔女を殺して用水路に死体を棄てた容疑をかけられているという話をグエラス家の女たちから聞いて、祖母はさんざん泣いたすえに、数時間前、また発作に襲われたとのことだった。それを聞いてジェセニアは、何をやっているのと、ボラを殴りつけようとした。家から出るな、誰も家に入れるな、あのおしゃべりたちはもってのほかだとバネッサにきっぱり命令したのに、なんであのくそばばあたちを家に入れたのよと。だがそのとき、祖母のベッドを囲んで悲嘆にくれている顔を見回したジェセニアは、そこにどうしようもないバカ娘のバネッサがいないことに気づいた。伯母から解放されたのをいいことに、いつも中学の校門の前をうろついている、長髪のマリファナ中毒のボーイフレンドに会いに行ってしまったに違いなかった。ジェセニアは、寝室から飛び出し、玄関を出てグエラス家まで歩いていき、ドアをドンドンと拳骨で叩いて足で蹴り、いらないところに首をつっこむ、おせっかい焼きのクソばばあ、なんで祖母を苦しめなきゃならないんだと怒鳴り、あれっぽっちの命令も守れないバカ娘を産んだボラを殴りつけることしかできなかった。グエラスの女たちもバカではないので、ドアを固く閉ざし、窓からのぞきさえしなかった。うっかり何か答えでもしたら、ジェセニアが壁を蹴り倒しかねないと心得ていて、ジェセニアが怒鳴りくたびれて家に帰ってからも、のぞきもしなければ聖女の祭壇の蠟燭もつけなかった。帰るとジェセニアは従妹や姪っ子たちにかこまれて、ビジャに医者を呼びに行ったピカピエドラと、役立たずのバネッサの帰りを待ち始めたが、バネッサが帰ったなら家のドアをあけるなり濡らしたリュウゼツランの鞭でめったうちにしてやるつもりだった。そのあいだも、祖母は何も話せないまま、生きのびようと荒い呼吸をし、天井をじっとにらみつけていた。ただ、ジェセニアが自分の膝に祖母の頭をのせ、そのぱさぱさの白い髪をなで、だいじょうぶ、すっかりよくなるから、もうすぐお医者さんが来てなおしてくれるよ、もうちょっとの辛抱だから、あたしのために、みんなのために、ばあちゃんのことが大好きな孫たちのためにがんばってと言ったときだけ、祖母はその雲のかかった目を天井からはなして、ジェセニアの目をじっと見返したので、ジェセニアの言葉は口の中でひからびた。なぜだかわからないが、ジェセニアはわかったからだ。祖母は彼女がしたことを何もかもわかっていて、彼女の頭の中を読み取っているのだと。クソガキが犯人だと通報し、逮捕されるように、住んでいる場所を警察に告げたのは彼女だと知っているかのように、祖母はジェセニアを見つめていた。さらに、ますます激しく怒りに燃える祖母の目に吸い込まれそうになりながら、ジェセニアは悟った。祖母は心の底から自分を憎んでいる、今この時にも自分を呪っていると。ジェセニアは、どうにか声をしぼりだして、ごめんなさいと言い、祖母のためにしたのだと説明しようとしたがもう遅かった。またしても祖母は、最もつらい仕打ちをジェセニアに与え、年長の孫の腕のなかで、憎悪に震えながら、その瞬間に死んだのだった。

4

本当に、本当に、本当に彼は何も見なかった。天国にいる母親にかけて、見たことがないほど神聖なものにかけて誓っていい。あのバカどもがあそこで何をしたのかも、知らなかった。だいたい、杖なしで、どうして車から降りられるだろう。それに、ずらかるまでほんの数分のことだから、ずっとハンドルを握ってろ、エンジンを切らずにそこから動くなと、あいつに言われたのだ。というか、ムンラはそう理解したから、あとのことは何も知らないし、車から降りなかった。ましてや、中をのぞこうと車をバックさせることはおろか、本当は見たくてたまらなかったが恐怖にかられて、バックミラーをのぞきもしなかった。いきなり空が真っ黒になって雲に覆われ、地面につきそうなほど畑のサトウキビを揺らす強風が雲を山に吹き寄せ、これはもう雨が降り出すぞと思う間もなく、音もない稲光がいきなり黒い雲を切り裂いて、完璧な静けさの中で一本の木が丸焦げになった。頭の中で響くジージーという乾いた音しか聞こえない濃厚な静けさに、ムンラは一瞬、耳が聞こえなくなったのかと思ったが、あいつらに体を揺すられてはっと我に返り、耳は何ともないことに気づき、二人のバカどもが、アクセルだ、アクセル、とんま、ぐっと踏みこめ、用事はすんだ、ぐずぐずするな、とわめく声を聞いた。一目散にその場から去り、川に出て、バカス海岸をまわり、墓地を抜けてビジャに入り、一つしか信号のない中央通りと公園を抜けて、もう一度ラ・マトサに向かって走るあいだじゅう、ムンラが考えていたのは、早くうちに帰ってアグアルディエンテの瓶をかかえてベッドに入り、意識がなくなるほど飲んだらどんなに気分がいいだろう、すべてを忘れられたら、何日もチャベラが帰ってこないことも忘れて、猛スピードで砂利道を疾駆するバンのヘッドライトに照らされて、まわりの暗さがいっそう深まるようすも、意味不明な冗談を言いあっているやつらの笑い声も忘れてしまえたら、ということだった。そして、とうとうベッドに横になったとき、ムンラはルイスミのクスリが欲しくてたまらなくなった。というのも、目をつぶって眠ろうとするたびに、体が震えだして胃がきゅっと縮こまり、ベッドが消えて、絶壁の上に吊るされ、今にも奈落に落ちるかのような感覚に襲われたからだ。目を開け、寝返りをうってもう一度眠ろうとするのだが、またもめまいがして、チャベラに電話をかけようとしたが、彼女の携帯の電源はまだ切られていて……、というのを繰り返したあげく、庭に出て、ルイスミにクスリを一錠くれと頼んで、昼ごろまでぐっすり眠ってしまえと思ったが、杖がないと暗い庭をつっきって離れまで行けないのはわかっていて、結局あきらめてベッドで寝返りをうつうちに、最後にはうとうとと不安なまどろみに陥り、遠くで雄鶏が朝を告げ、窓の向こうに日がのぼるまで浅い眠りについた。起き上がりたくなかったが、室内の暑さにも自分の体臭にもチャベラのところがからっぽのベッドにも耐えかねて、家具と壁で体を支えてどうにか立ち上がり、小便をして体を流そうと庭に出た。何時だかわからなかったが、離れ――〈俺んち〉と本人は呼んでいた――の床いっぱいに敷かれたマットレスの上で、紫に腫れ上がったような瞼を薄く開いて口をぽかんと開け、死んだように寝ているルイスミが目に入り、こいつ、今日は起きねえなとムンラは思った。昨夜のクスリの量からしても、翌朝まで目を覚まさないだろう。実際ルイスミが復活したのは日曜の夜で、ムンラは彼がよろよろと庭を横切り、街道に出ていくのを見て、また金をつくって、あのしょうもないクスリを買うつもりだろうと思ったのだった。彼があんなものをどうしてそこまで欲しがるのか、ムンラはさっぱり理解できなかった。のむと一日じゅう呆けたようになり、舌がもつれ、電波の届かないテレビみたいに頭が真っ白になるののどこがいいのだろう。ムンラが思うに、アルコールを飲めば、いいことはますますよくなり、いやなことはましになる。マリファナもまあ似たようなものだ。だが、ルイスミが菓子みたいにとりまくっているあのクスリをのんでも、アヘンみたいにおかしな夢や幻覚を見るわけでもなし、ただ眠くなって、とにかく横になりたくなり、重苦しい眠りにひきずりこまれるだけで、目が覚めたときは喉が渇き、頭ががんがんし、瞼がはれあがって目が開かず、どうやってベッドに行ったのかも、どうしてそんな泥まみれクソまみれで、顔をぼこぼこにされたのかさえ覚えていない。ルイスミのバカはクスリをのむと気持ちいいし、落ち着いて穏やかな気分になって、不安や震えから解放され、首や指を鳴らそうと思わなくなると言っていた。彼は子どもの頃から、鞭を打つように首をびしっと振って鳴らす癖があったが、クスリをのんだときだけそれがおさまり、のまないとすぐまた震えがきてチックが始まり、塀がぐらぐら崩れてくる気がしたり、タバコの味がしなくなったり、胸が締めつけられて息ができなくなったりと、不快な感覚に襲われるというのだが、そんなのはクスリをやめないためのただの言い訳だろう。自分のところに住まわせると言って、あのあばずれのノルマを連れて帰ってきたときも、最初こそもう二度とクスリはやらない、やるのはビールとハッパだけにすると宣言したくせに、結局三週間で小娘に裏切られて警察に通報され、やってもいないことで刑務所にぶちこまれかけた。あいつに落ち度があったとすれば、やっかいごとのタネでしかない、あのくわせ者の小娘を助けてやろうとしたことだけだ。ムンラはあの娘が最初から気に入らなかった。いつもいかにもわざとらしく、皿一枚割らないいい子ちゃんのような顔をして、かわいらしい声で話しかけてくるので、なんとチャベラでさえころっと丸めこまれた。エクスカリブルの店の女たちの手練手管を知り尽くしているのを鼻にかけている彼女でさえ、あの娘が家にきた二日後には、こんな娘がずっとほしかったんだ、こんなに素直で、こんなに働き者で、こんなに気立てのいい子は見たことがないとべたぼめし、ムンラは、何がこんなにこんなにだと舌打ちし、妻の口から出てくる歯のうくようなせりふに胸糞悪くなった。ノルマが母屋に入りこみ、コンロの前で料理をしたり皿を洗ったり、偽善者めいた微笑みを口元にうかべて、インディオらしい頬を赤く染め、かわい子ぶって「はい、はい」と言ってチャベラにつきまとうのを見て、ムンラはむかっ腹がたった。チャベラときたらあの娘のかいがいしさに目がくらんで、すねかじりが一人ではなく二人になったということさえ忘れていやがる。あんなふうにいかにも家族のようにふるまうこと自体、ムンラにはどうも胡散臭く思え、あの小娘はいったい何をたくらんでいるんだ、どこから来たんだ、なんであいつとあそこにいるんだと思わずにはいられなかった。だいたい運命の人なんてのは、年寄りの幻想だ。健全な判断力のある者なら、庭のあんなむさ苦しい離れに住む、腹をすかせた犬みたいな顔の奴と、誰が暮らしたがるだろう。ムンラは、これは絶対に何かあると思っていたが、結局黙っていることにした。どのみちルイスミの奴は気が向いたことしかしないのだから、言うだけ無駄だ。だからルイスミがやってきて、ノルマが血を流して、すごく痛がっているから、車でビジャの薬局まで連れていってほしいと頼んできたときも、あのいまいましい小娘が何の考えもなしにひと芝居をうって、金とガソリンを無駄遣いさせようとしていると即座に思い、そんなバカな話にたぶらかされるなんてどうかしていると、ルイスミを叱りつけたのだった。そんなの普通のことだろうが、女ってのは毎月ケツから血が出るもんだ、薬なんかいらない、ビジャまで行かなくたって、ラ・マトサのコンチャの店でナプキンを買ってやればいい、おまえはそんな無知だったのかと。ルイスミは、そうじゃない、ノルマはすごく苦しんでいるし熱もあるとほざいたが、ムンラがそんなのは普通だと言ってるだろうがとつっぱねたら、最後は離れにひきあげていった。ルイスミが垢まみれのマットレスに横になり、まるで瀕死の病人にするようにあの娘を抱きしめるのを見てムンラは、芝居がかったことばかりしやがってと思ったのだった。それがあんなことになるとは、誰が予想できただろう。実は本当に重態で、その日の深夜、ノルマを腕に抱いて、蹴破りそうな勢いで家のドアを開いたルイスミに叩き起こされるだなんて。ノルマは肌が緑色がかり、唇が白くなって、悪魔に憑かれたように白目をむき、血がどくどくと腿を伝って地面にしたたっていて、ルイスミは気が違ったようになって、マットレスが血の海になっていた、どんだけ血が出たかわからない、頼むから今すぐビジャの病院に連れていってくれと訴えた。ムンラは連れていくけれど、まず下に布団か毛布を敷いてくれ、車のシートを汚さないでくれと言い、ルイスミは言うとおりにしたが、やり方がまずかったので結局シートはべとべとになり、そのうえ、その後起こったことのせいで、ルイスミに文句をつけることも、きれいに洗い流させることもできなかった。ノルマを病院にかつぎこんだあと、ルイスミは昼の十二時まで、外の花壇のところに座って、誰かが彼女のようすを知らせにきてくれるのをバカ正直に待ち続けた。だが、誰も何も言ってこないので絶望にかられて、どうなったか聞こうと病院の中に入っていったのだが、十五分くらいして打ちのめされた犬のような顔をして戻ってきて、ちくしょう、福祉局の職員め、警察に通報しやがったと言った。だが、ラ・マトサへの帰り道でも、ビールをおごってやろうとムンラが連れていったサラフアナの店でも、それ以上のことは話そうとしなかった。店に入ると、サラの孫娘がすぐさまビールを出してくれた。〝もうけっしてもどらないで〟、ラジオが歌っていた。〝わたしの手の中でくずおれて〟、ムンラが大嫌いなランチェーラばかり流しているラジオだった。〝昨日あんなにあなたの名を呼んだのに〟、サルサをかけたほうがよくねえか？　〝今日はほら、唇が切れてしまった〟、だけどやつときたら、どうしたわけか、むっつりしたまま、今にも泣きだしそうに目を赤くうるませるばかりなので、ムンラは、もしかしてノルマは死んでしまったのだろうか、重症で、金のかかる難しい手術をしないといけないのだろうかとまで思ったが、ルイスミはビールを三本あけても黙りどおしで、何も言わないまま、ムンラの車でビジャの酒場をまわってウィリーを探しだし、三週間やめていた、あのろくでもないクスリを売ってもらい、どれだけか知らないが一気にのんで、正体不明になって床にのびてしまったので、ムンラはそこらにいた若いのに頼んで車に押しこんでもらわねばならず、ラ・マトサに着いてもおろすどころか、起こすこともできず、その晩はそのまま車の中に寝かしっぱなしにした。翌朝ムンラが目を覚ましたとき、携帯のバッテリーが切れていたので、いったい何時なのかわからなかった。チャベラはまだ店から戻っておらず、このところ、客につかまったと言っては二、三日帰らないことはしょっちゅうだったが、何の連絡もないので胸が騒いだ。すぐに充電して電話をかけ、ほったらかしにしたのをとがめようとしたが、ベッドの横に置いてある充電器をとろうとかがんだとき、くらっとして頭から床にころげおちかけ、チャベラの残り香がするシーツにくるまって、そのまもうしばらく横になっていることにした。チャベラのバカが明け方にこっそり寝室に入り、再び外に出て行く前に香水をふりかけていったか、彼がうとうとしているあいだに戻ってきた彼女が、怒声よりもよほど恐ろしい、怒りのこもった沈黙をたたえた影となって、寝室のドアのところからじっとこちらを眺めているかのようだった。だからムンラは、昨夜のことを説明し始めた。だからよ、クソガキに言われて、血がどくどく出てるノルマを乗せなくちゃならなかったんだ。死んでるみたいなのを病院に連れてったら、警察につきだされかけて、まったく、ふざけんじゃねえよ。だがそこでふいに、自分が一人でしゃべっていること、部屋にはほかには誰もいなくて、チャベラだと思った影は消えうせているのに気づいて、携帯を充電器につなぎ、電源が入るのを待ったが、チャベラはメッセージひとつ、言い訳も口汚い罵倒も何ひとつ残していなかった。こんちくしょう。ムンラは、チャベラの番号をプッシュした。リダイヤルで五回かけたが、五回とも留守番電話しかこたえなかった。ムンラは、床に脱ぎちらかしてあったシャツとズボンを着て、松葉杖を探すと、杖はなぜかベッドの下に入りこんでいた。外に出て、クソガキがまだ生きているか、車の中に吐いていないか確かめにいくと、口をぽかんとあけて、半目を開いて、ガラスに髪を押しつけて助手席でまだ眠りこけていた。このちんぴらめ、そう言って、ドアをあける前に手のひらでドンドンと窓を叩いた。中は蒸し風呂だろうに。よくこんな暑いところにいられるもんだ。服がぐっしょり濡れて、額を汗がつたっている。よう、酔いざましにいこうぜ、ムンラはそう言ってエンジンをかけ、ルイスミはこちらを見もせずにうなずいた。金があるか、ムンラはたずねもしなかった。ルイスミが持っていないのはわかっていたが、脳みそをがんがんぶんなぐり始めている宿酔を追い払うのに、スープとビールを体が欲していたし、ノルマと何があったのか、聞きだしたかったからだが、じきに後悔することになった。サラファアナの店でするようにルイスミがビールを次々注文したからだ。サラファアナの店なら大瓶が三十ペソのところ、ルペ・ラ・カレラの店では小瓶が二十五ペソもする。が、ルペ・ラ・カレラのスープはここらで一番うまいと評判で、それだけの値打ちがあった。羊ではなく犬の肉を使っているとも言われていたが、残った歯で根気よく咀嚼すれば肉はうまく、それが羊のだろうが犬のだろうが人間のだろうが、ムンラに言わせればどうでもよかった。ルペの神の手が作るソースで煮込んだ滋養満点のうまいスープを飲めば、生き返った心地がして、チャベラはきっとそのうち帰ってくるだろうという希望が湧いてきた。どうせ、そのへんで客とくっちゃべっているのだろう、何をくよくよ悩むことがある。それよりビジャに行って、コンチャ・ドラダをひとまわりし、仲間に挨拶をして、気楽にすごしたほうがいい気がしてきた。だが、ルイスミはあいかわらず落ち込んでいて、椅子にうつむいて座り、両腕をだらんと脇にたらし、タマネギとコリアンダーのみじん切りがとびちっている木のテーブルに置かれたスープにもスプーンにも、手をつけていなかった。おい、ムンラは話しかけた。ルイスミがすっかりほうけたようになって、公園や酒場の仲間とハッパもやらず、誰とも話さず、誰の話も聞かず、自分の殻に閉じこもって、世界と連絡を絶とうとするのを見ると、ムンラは無性に腹がたち、横っ面をひっぱたいてやりたくなったが、そんなことをしても無駄だとわかっていた。こいつだっても う いい大人なのだから、自分が何をしているのか、ノルマのせいで自分がどんな厄介ごとに巻きこまれたかくらい、わかっているだろう。おい、あの子と何があったんだ？　ルイスミはますます背中を丸め、テーブルに肘をついてぼさぼさの髪をかきむしり始めた。ムンラはしつこく問いかけた。おい、なんだよ、何があったんだ。ルイスミは、こういらところは母親のチャベラそっくりだった。大げさに深いため息をつき、首を振り、残っていたビールを一気に飲みほし、ルペ・ラ・カレラに三本目——ざけんなよ、ここだと小瓶が二十五ペソもするってのに——を持ってこいという仕草をして、栓が抜かれるのを待ってからようやく、ノルマがどうなったか、救急外来に入ったとき何があったかを話し始めた。すっとぼけた看護師に、書類がつみあげられた事務室に連れていかれ、そこに病院のソーシャルワーカーだという、髪を金色に染めた女が出てきて、ノルマの書類、出生証明書か、彼とノルマが法的に結婚しているのを証明する結婚証明書を持ってこいと言われたのだと。彼はもちろん、そんなものは持っていなくて、そしたらその女は、未成年暴行罪で逮捕するために警察がこちらに向かっていると告げた。なんで病院の連中にわかったのか知らないが、ノルマは未成年で、まだほんの十三歳だったのだ……。ムンラは仰天して、飲みかけていたビールが喉につかえて、むせそうになった。ノルマがそんな子どもだとは、思いもしなかったからだ。嘘だろ、それじゃあ子どもじゃねえか。でかくて太ってるから、ぜんぜんそうは見えなかったぜ。そして、ようやく咳がおさまると、おまえ、何やってんだよ、とわめいた。どの面さげて、十三の娘を連れてこようなんて気になったんだ。刑務所に入れられなかったのが奇跡だよ。そんな子どもは結婚できないって知らなかったのかよ？　できるさ。だって、ノルマは子どもじゃなくてもう女だ。誰と一緒になりたいか、自分でわかってるさ。それに、ばあちゃんだって十三のとき、ネグラおばさんの父親と結婚したじゃないか、とルイスミが言い返した。ムンラはひげをしごいた。ばかやろう、何寝言を並べてんだよ。それは昔の話だろう。今は法律が変わったんだ。今は親がいいったって、そんな年じゃ結婚できねえ。だから、もう忘れろ。ごたごたはたくさんだ。おまえをソーシャルワーカーに売ったのもあいつに決まってるさ。ワリい女だよ。だが、ルイスミは聞こうとせず、ただ首を振るばかりで、まともに考えようとしなかった。やだね、あの子は見すてねえ。なんとかあそこからひっぱりだして、救ってやるんだ。あいつには俺しかいない。それに赤ん坊が生まれんだぞ。どうするかわかんねえけれど、何とかして病院からつれだしてまた一緒に暮らすんだ。そんなたわごとを並べるルイスミをムンラは黙って見つめながら、ノルマの太ももを伝っていた血や、車の座席についたシミを思い出し、あの娘が本当に妊娠していて、あのお腹にいたのが回虫ではなく赤んぼだったとしても、はたしてあの中にまだいるだろうかと思った。女ってのは男をつなぎとめようとするとき、ああいう芝居をうって騙そうとしたがるものだ。だが、そういう疑念を口にするのはやめておいた。そんなこと、どうでもいいじゃないか。ノルマのこともルイスミのことも、それにやつらの赤んぼのことも、自分の知ったこっちゃない。ルイスミのバカはもう、ミルクを飲ませたり世話をやいたりやっていいことと悪いことを教えたりするような子どもじゃない。それに、これまでだって、せっかくあいつのことを思って親切に忠告してやっても、俺の言うことなど聞かず、自分の好きにしかしようとしなかった。チャベラと同じ、どいつもこいつもクソったれだ。ラバより強情で手に負えない。しかもいばりくさって、こっちが逆恨みされるときた。何か言ったら、結局こっちがバカを見て、気に障ることを言って悪かったとあやまらされかねない。一年前、ムンラがビジャガルボサの市長選の選挙キャンペーンで小遣い稼ぎをしようとしたときもそうだった。一人投票に行かせると政党だか自治体から現金をもらえて、政治家と親しくなって、町で会うとお偉いさんたちが手を振って、ここらのガキどもみたいに「ムンラ」ではなく、「イサイアスさん」と呼びかけてもらえて、一時、そこそこ有名人になれたってのに。ある日ムンラは、政党のロゴのついたシャツを着て、ペレス＝プリエトの名前入りのキャップをかぶって、にこやかに笑う候補のアドルフォ・ペレス＝プリエトと一緒に写真を撮った。誰かがどこからかひっぱり出してきた車椅子に彼が座り、ペレス＝プリエトがそれを押している図だった。あんな大きくひきのばされた自分の写真を見たのは初めてだった。マタコクイテからビジャに入るところの道路に立てられた広告板の写真には「ペレス＝プリエトはやりとげます」という文句が書かれていて、事実、撮影のあとその車椅子はムンラにプレゼントされたが、ムンラはうれしくなかった。車椅子に乗っていると、障害のある人間、動くこともできない体の不自由な人間だと見せびらかして歩くようなもんだが、彼は、松葉杖があれば、いや杖がなくたって、そこそこ歩けたからだ。左脚がちょっとねじれているだけで、ちゃんと、そうだろ？　脚はそろっていた。内側に入ってちょっと短いだけで、左足だってちゃんと動かせる、そうだろ？　そうとも、車椅子なんか必要なかった。だから売っぱらった。杖と車があれば、どこでも行きたいところに行けた。残念なのは、いい金になったのに、キャンペーンが六か月で終わってしまったことだ。ペレス＝プリエトが何か言うごとにとにかく拍手をして、いいぞ、いいぞ、ペレス＝プリエト、フレー、フレー、ペレス＝プリエトとはやしたてていれば、一日二百ペソくれて、誰かを選挙人登録に連れていけば、一人につきやはり二百ペソと、毎週どっさりの食べ物と農具やら建材やらまでもらえたのに。ムンラは、これまで一度も投票したことがなく、だから、チャベラを協力させるのも簡単だと思っていた。エクスカリブルの女たちや客をひきこめば、ちょっとした小遣い稼ぎになって、よけいな金が入れば誰も嫌な気はしないだろうと。ところが、チャベラはそうではなかった。よかれと思って誘ったのに、おまえなんかくたばっちまえと言われたかのように怒りだして、人目もかまわず彼を罵倒し始めた。何言ってんの、バカだね、あんたは。どこかに行って、頭を直してもらってきな。あたしがなんで政党の犬どもから施しをもらわなきゃならないんだよ。あんたには羞恥心や誇りってものがないのかい？ 憐れんでもらうことしか頭にないあんたとあたしは違うんだよ。ペレスなんとかのおならを嗅いで歩いてる暇なんて、あたしにはないね、とコンチャ・ドラダの道のまんなかでわめきちらしたものだから、チャベラの罵声と剣幕に通りかかった人たちは笑いをこらえ、ムンラは怒りを飲みこむしかなかった。もう何を言ってもむだだ、公衆の面前で妻に口答えをするのは自殺行為だ、ピンを抜いた手榴弾を飲み込むようなものだと思ったからだ。だから、もう何も言わないことにして、金輪際妻には何ももちかけまい、選挙キャンペーンでせっせと働いて稼いだ金で妻には何も買ってやるまいと心に誓ったのだった。ふざけるな、何お高くとまってんだよ、わからずやめが。だが、思ってもみなかったのは、ちんぴらのルイスミまでが母親と同じような屁理屈をこねて断ってきたことだった。あいつときたら、いつ見ても仕事も金もなく、これからどうしようという見通しもない。文無しで家賃も入れない、いつまで脛をかじっているつもりだ、十八といったら自分で金を稼いで、腹を痛めて産んだ母親に楽させてくれてもいい年なのに、ビジャの公園にたむろしては魔女のところだとか街道の飲み屋にいりびたって、いかがわしいことをして手に入れたはした金をつまらないことにつぎこんでいると、チャベラだっていつも小言を言っている。だから、ムンラは選挙のキャンペーンの仕事をもちかけたのだった。おい、いい話じゃないか、選挙のときまでだけだぜ、それにいやなら別にペレス＝プリエトにいれなくてもいい、ただ集会に行って聴衆に混じって、演説が終わったら拍手してりゃいいんだと。だがあのバカときたら、いやだ、やりたくない、政治家はクソだ、それっぽっちの金のためにへこへこするのはごめんだ、約束してもらった石油会社の仕事を待ってるほうがいいとほざきやがった。石油会社の仕事なんて、どこから出てきたかもわからない、いいかげんな話だってのに。労働組合が保障する手当も何もかもつけて、パロガチョの油田で技術者として雇ってくれるだなんてありえねえだろうが。そんなことあるわけない、石油会社はもう何年も前からコネか労働組合のリーダーの推薦がないと雇ってくれないんだぞ、とムンラがいくら言ってもわかろうとしない。第一、あいつは油田のことも石油化学のことも何一つ知らないし、中学さえ出ていない。それに、あのナメクジみたいな体じゃ石油缶だって運べやしないだろう。仕事をくれるなんて嘘っぱちだ、考えるだけ無駄だと言ってやってるのに。それもこれも、会社に入れるよう口添えしてやると言ったエンジニアのせいだった。だいたい、あんな絵空事を鵜呑みにするなんてどうかしている。あの夢物語をいつかエンジニアがかなえてくれると期待して、ここ何年かのあいだにあいつはどれだけうまい話をふいにしてきたことか。たとえば、チャベラの客で、彼女によれば運送会社の社長だと言う男がもちかけた話もだ。息子が役立たずの能無しで、仕事も見つけられず脛をかじっているとチャベラがぼやくのを聞いて、その客は、国境方面に向かうトラックに乗るはずだった助手がいなくなったので、翌日早朝にためしに出かけてみないか、仕事が気に入って、向いていそうなら、免許をとる金を援助してやるから、彼のところで運転手として働けばいいと言ってくれて、チャベラはこれであのぐうたらをなんとかできると、すっかり気をよくして家に帰ってきたが、あのときもあのバカは、行かない、助手の仕事なんかやりたくない、トレーラーの運転手にはなりたくない、石油会社のエンジニアの友だちが声をかけてくれるのを待つほうがいいと言ってつっぱねたのだった。チャベラは怒りに震えて、おまえは父親と同じろくでなしのごろつきだ、おまえみたいな奴は死んだほうがましだとわめきながら、シャツがやぶけそうなほどぐいぐいひっぱって殴りかかっていき、ルイスミがものすごい目つきでにらみ返してこぶしをあげたので、ムンラは、これはヤバいと縮みあがったが、幸いそれですんでほっとしたのだった。あの二人の喧嘩の仲裁などまっぴらだった。猛り立った犬と同じで、そうなるとどちらも聞く耳を持たず、相手をずたずたにするまで放そうとしないので、好きなだけ怒鳴らせておくのが一番だと、何年も前にムンラは学んでいた。うっかり間に入ろうものなら、嚙みつかれるのがおちだ。どっちみちあいつらは、やりたいようにしかやらないのだ。好きにさせておけばいい。トレーラーの運転手は稼ぎもいいし、あちこち旅をしていろんな場所に行ける、一つの所にばかりいないで国じゅうをまわれるし、暑くてどうしようもないちんけな村に閉じ込められずにすむぞ、といくら説明しても時間の無駄だろう。夢いっぱいの話をしてやったところで、結局、石油会社の仕事が舞い込むかもしれないから行かないと、たわけたことをほざくのだ。どこの誰かもわからない奴が言った、何の根拠もない約束をあてにするなんて、ムンラにはわけがわからなかった。そもそも、そのエンジニアの友だちってのは、どこのどいつだよ。そんな力のあるお偉いさんが、血のつながりもないろくでなしに、なんで手を貸してくれるんだ？　そのエンジニアとやらは、見返りに何を求めてるんだ？　そんなことをしてもらったらよほど高くつくだろうと、ムンラはそれとなくたずねてみようと何度か思ったが、答えの予想がついたのでやめておいた。俺の知ったこっちゃない。ほうっておこう。でたらめを信じたけりゃ信じればいい。エンジニアはもう一か月以上、電話をかけても出ないってのに、出まかせだと思いたくなけりゃ勝手にしろ。サンタクロースでも東方の三博士（メキシコでは、三博士が一月五日の夜にプレゼントをくれるとされている）でも、信じればいい。結局、人は生きているあいだ、自分の好きなこと、できることをするしかない、そうだろ？　俺には、あいつのことに首をつっこむいわれはない、そうだろ？　好きにすればいい、あのくらいの年になれば、人生はドラマやお伽話のようにはいかないとわかっているだろう。石油会社の仕事の話は単なる絵空事だと、そのうち思い知るだろう。ノルマとのことだって、最後はあきらめるさ。病院だの書類だのと、あの小娘とかかわるとろくなことがない。ルイスミがすべきなのは、あんなあばずれのことなど忘れて、本当の相手を見つけることだ。最初はいい顔をしてとりいってくるくせに、自分が困ると平気で夫を売る、ノルマみたいな喰わせ者じゃない本当のオンナだ。あんなおままごとみたいな小娘のどこがいいんだ。なあ、本物の妻を探せよ、チャベラみたいに世話をやいて働いてくれる女をよ。だがルイスミときたら、涙目でスープを見つめたまま、俺はノルマを棄てたりしない、別れるくらいなら死んだほうがましだと叫ぶようにして言うので、ルペ・ラ・カレラまで焼き網から顔をあげて、いったい何ごとかという顔でこちらを見た。わかった、わかった、ムンラはあわててとりなした。このクソガキときたら、人生のことをまともに考えるのを見たことがなかった。クスリをやったり仲間と遊んだりすること以外、何も頭にないのだ。わかった、わかった、とムンラは繰り返したところで、ふと思いあたることがあって、思わせぶりにルイスミを指さした。ははーん、なるほど、そういうことか、と言うと、ルイスミははっと身構えて、何だよ、何がなるほどだよ、とつっかかった。さてはノルマに例のやつを飲まされたな。ざけんなよ、ルイスミが言い返した。とぼけんなって、ムンラがからかった、心あたりがあるくせに。男をつなぎとめたいとき、女がどうするか、知ってるだろう。女が自分のけがれた血をとっておいて、相手に気づかれないように水やスープに混ぜたり、相手が寝ているあいだに踵にたらしたりしたら、おまえがノルマになってるみたいに、男は首ったけになるんだよ。もっといかれた女だと、雨季に地べたに這って咲くトロアチェの花を山で摘んできて、煎じて飲ませるんだ。そしたら男はめろめろになって、奴隷みたいに女の足元にひれふして言いなりになる。知らないなんて言わせないぜ。エクスカリブルの女どもがそういう手を使ってとんまな客に金をみつがせたり、会いに行かずにいられなくしたり、家を建てさせたりするって、おまえの母親から聞いたことがあるだろう。だが、ルイスミはしまいにおとなしくなって、ただ首を横に振ったり、いや、ノルマはそんなじゃない、ノルマはそんなことをするわけがないとつぶやいたりするようになった。ムンラが、バーカ、女なんてみんな同じだよ、男をものにしようとなるとどんな汚い手も使ってみせる、と言って、彼の無邪気さを嘲笑うと、ルイスミは腹を立て、やがてむっつり黙りこんでしまい、そのあとはムンラがどんなにとりなそうが、サラフアナの店でいくらビールをおごってやろうが口を開かなくなった。サラフアナの店のビールは例によってなまぬるかったが、彼女がビジャのカーニバルの女王になった頃だか、蛇が立って歩いていた時代だかから使っている年代物の冷蔵庫しかないので仕方がなかった。もう何度も言ったことだったが、なあ、氷を割って、ビールのそばに入れておいたら、俺が来るときに冷えてるんじゃねえか、とムンラはサラフアナの孫娘に言ってやった。娘はムンラをよく知っているので、チッと舌を鳴らし、腰に片手をあててくねくね回してみせただけだった。なんだよ、文句があるなら、いつでもドアはあいてるよ。ムンラは、うるせえと言うように片手をあげてみせたが、実際どちらもさほど気にしていなかった。というのも、ムンラはどのみちまた店にやってくるからだ。孫娘に媚薬をしかけられたわけではなく、家から一番近い店だからだ。砂利道を五百メートル、道を曲がることもなく、車に乗ってただまっすぐまっすぐ来ればいい。幹線道路に出る必要もないから、忘れもしない二〇〇四年二月十六日に脚を失いかけた、あんな事故に遭う気遣いもない。酔っていたムンラは、サン・ペドロのインターあたりでライトをつけずにUターンしてきたトラックが目に入らずにバイクでつっこんでいって、片脚の骨が木っ端微塵になったのだった。医者は切断すると言い、ムンラはいやだ、冗談じゃない、曲がっても骨がくっつかなくても、自分の脚は誰にも切らせないと拒んだ。医者は、そうはいかない、その脚はどっちみち使いものにならないし、感染症を起こす危険が高いと言ったが、彼は譲らず、チャベラの手を借りて、切断手術の前日に病院から逃げ帰り、結局医者どもを出し抜いてやったのだった。感染症は起こさず死なかったし、ただ脚がちょっとばかり内側に入りこんで、足首が曲がったようになっただけで、何歩かなら、杖をつかずに歩くことだってできるのだから、な、そうだろ？　車椅子に縛りつけられることにもならなかった、な、そうだろ？　それに今はバンを持っている。マタコクイテのやつがテキサスから持ってきたのを、かなり安く買った。三万ペソ、彼を轢いたトラック会社が賠償金として払った金の半額だった。ごきげんな車で、窓をいっぱいにあけて、上のほうから見下ろしながら幹線道路を時速百キロでとばすと、事故なんかなかったような気分になり、パトカーに追いかけられて海岸沿いをバイクでつっ走っていた頃に、朝までサルサを踊って、チャベラをつかまえてくどき、唇をふさいで息ができないほどキスをして、壁に押しつけて身動きをとれなくしてやった頃に戻った気がするのだった。それにしても、チャベラめ、いったいどこに行きやがった？　なんで何も言ってこない？エクスカリブルに三日もいすわる客なんかいないだろう。ふざけんじゃねえ。だいたいあそこにはあんな大勢オンナがいるってのに、何でだよ。ひょっとして、黙ってどこかの馬の骨とプエルトに逃げたか？　チャベラが行方をくらましたのは、これが初めてではなかった。前の年のクリスマスにもグアダラハラに行って、仕事だよ、仕事だからしょうがないだろうと、いつもの調子ですましていた。たいていのことは大目に見るムンラだったが、あれはあんまりだった。携帯に電話するたび、同じ声が番号を告げ、ただいま電源が切れているか電波の届かない場所にいますと言うのを聞くとムンラは、チャベラがウイスキーの小瓶を持ちこんでパラディソの部屋にしけこみ、バラバスの野郎とよろしくやって、あいつのチンポをうれしそうにくわえているんじゃないかという気がしてならなかったが、もう外は暗くなっていたし、かなり酔っていて、パラディソの駐車場までひとっ走りして、バラバスのゲス野郎のフォード・ロボがとまっていないか見にいくのは無理そうだったし、行ったところで、あの野郎の行くところにどこにでもついてくる、五、六人の、顎がゆがんだ目つきの悪い用心棒にねじりあげられるだろうと思い、気づくと車に乗り、家に向かっていた。チャベラの奴、くたばっちまえと思い、降りるときにもう少しで地面にころげ落ちそうになり、服も脱がずにそのままベッドにつっぷして、チャベラのブラジャーや髪どめが散らばったぐしゃぐしゃのシーツの上で、明け方まで死んだように眠った。夢の中で彼は幽霊になっていた。誰かと話したくて村の中を歩いているのに、人びとには彼の姿は見えず、誰も気づかず目もくれなかった。小さな子どもにだけは彼の姿が見えるようだったが、幽霊の彼が話しかけるとおびえてわーわー泣きだすので悲しくなった。と、突然、道がなくなって、彼は野原を歩いていて、山や森や原っぱや畑や人けのない農場を抜けて、ふいに別の村にたどりつき、うろうろしているうちに見覚えのある家の前に出た。ミルセアばあちゃんの家だった。いつも開いている台所のドアから中に入って居間をのぞくと、ばあちゃんは、死んでから二十年もたっているというのに、彼の記憶どおり、揺り椅子に座っていた。その夢の中では、死んでいるのは彼のほうで、ばあちゃんは生きているので、ばあちゃんにも彼のことが見えなかったが、感じたり声を聞いたりはできた。ただ、聞くといっても、遠くからぼんやり聞こえるだけのようで、言わなければならない大事なこと、目が覚めたときは覚えていなかったが、なんとしても伝えなければと差し迫っていたことを伝えられず、夢の中の彼は絶望していた。わかってもらおうと声をからして叫んでも、彼は死者の言葉しか話すことができず、聖女のように優しくよく気がつき輝いている、今はなき祖母ドニャ・ミルセア・バウティスタは、彼にほほえみかけ、だいじょうぶだよ、落ち着いて、いい子はちゃんと天国に行けるよと、穏やかに声をかけてくるばかりで、ムンラは悲しくなった。目が覚めたときには、自分がチャベラと使っている寝室のベッドの上にいるとわかっているのに、忘れもしない、ミルセアばあちゃんがいつも手に塗っていたハンドクリームの匂いがして、しめきった部屋は暑くて背中に汗をびっしょりかいているにもかかわらず、ぞくぞく悪寒がした。まだ眠りたかったが、蒸し暑さと、一分ごとに強くなる頭痛のせいでムンラは起き上がり、トランクス姿で松葉杖をついて外に出てトイレに入り、そのまま庭に出て、水のタンクのところできれいな水を椀ですくって体を流した。石鹸をすすいでいるとき、ルイスミが裸足のままシャツも着ず、どこかでころんだかのように泥まみれのかっこうでよろよろと家の裏手に歩いていくのが見えた。その後、体を流し終えたムンラが家に入って水気を拭きとり、きれいな下着を着て、もう一度庭に出て、離れに行って、何をしているのかと裏に見に行くまでだいぶかかったので、ルイスミはずいぶん長くそこにいたことになる。ルイスミは、地面にあいた深さ五十センチくらいの穴をほうけたように見つめていた。ムンラが来たのも気づかなかったので、おい、何やってんだ、と声をかけるとびくっとして、悪さをしているところを見つかったかのようにおびえた顔でふりかえったが、それはほんの数秒のことで、次の瞬間には普段の顔に戻り、何も、と口を開いた。ムンラは穴を見やり、次にルイスミの手に目をうつした。肘まで泥だらけで、爪が真っ黒だ。手で掘りかえしたのだろう。何を掘りだしたのだろう、とムンラが思ったのは、さっきの夢が頭に残っていたからかもしれなかった。もうずいぶん前、まだグティエレス・デ・ラ・トレにあるミルセアばあちゃんの家に母親と一緒に身を寄せていた頃、水道管を交換するために、隣の家が玄関の前を掘り起こしたとき、ばあちゃんいわく呪いの道具が出てきたことがあった。マヨネーズの大きな瓶の濁った水の中に、死んで半分腐りかけた巨大なヒキガエルが、二つのニンニクや薬草やらとともに浮かんでいた。ほかにも何か入っていたようだが、見ないように母に手で目を覆われ、ほかのところにひっぱっていかれたので見られなかった。それでもそのあと頭ががんがんして、ばあちゃんにバジルの葉と卵で清めてもらわなければならなかった。ばあちゃんが彼の額の上で転がした卵は、あとで割ると中身がすっかり腐っていた。ばあちゃんによると、地面の中から出てきた、あの見るもおぞましい物は、隣の人に呪いをかけるために誰か悪い人がそこにしこんだもので、あの瓶が埋められたところを運悪く踏んだ人は、呪いで体の中にヒキガエルが入りこんで内臓を食いつくされて、体じゅうがヒキガエルの吐き出した汚物だらけになって死んでしまうのだということだった。当時五歳か六歳の子どもだったムンラは覚えていなかったが、隣の主人がその数か月前、原因がはっきりわからないまま、肝臓のせいだろうとされた病気で死んだことをあとから知って、それからもしばしば頭痛に襲われ、そのたびにばあちゃんにバジルの枝で体をさすったり、こめかみをアルコールでふいたりしてもらった。遊んでいるときやお使いを頼まれたときに、もしかして自分もあそこの地面を踏んでしまったのではないか、あのきしょく悪い動物が中から脳みそをむしばみ始めていて、じきに自分も死ぬのではと心配で眠れない夜もあったが、やがて時とともにそんなエピソードも忘れ去って、ルイスミが手で掘ったらしい穴を見るまで、思い出したことはなかったのだった。もしかして、まだ目が覚めていないのだろうか、死んで亡霊になっていた、あの奇妙な夢の中にまだいるのだろうかという感覚に襲われて、これは何だ、とルイスミにたずねた。何なのか、知りたかったからではなく――呪いの道具に決まっている、とムンラは思っていた――相手に自分の声が聞こえているか、つまりもうあの悪夢の中にいるわけではないことを確かめたかったからだったが、ルイスミは、誰かわからないかのように、ぼうっとこちらを見返すばかりだった。ムンラは自分で自分の耳をつねらなければならなかったが、自分が目覚めていること、死んでいないことが確かめられて、いくらか気持ちが落ち着いた。燃やしちまいな、とルイスミに言った。何があったか知らねえけど、とにかく燃やすんだ。するとルイスミは、近くの椰子の木の根元にある焦げた缶を指さし、もう燃やしたよ、あの缶の中で、と叫ぶように言ったが、クスリのせいでろれつが回っていなかった。川に灰を捨ててきた。ゆうべ裏でゴソゴソ音がしたから出てみたら犬が、狼みたいにでかい白い犬がここを掘ってて、見つけたんだ。ムンラは、もう夢の中にいるわけではないし、その穴からあの呪われたヒキガエルは出てこないと思うといくらか安心したものの、まだそのあたりの空気の中に邪悪なものがただよっている気がしてあとずさりした。こめかみのあたりが重たい。彼は子どもの頃から、この手のものに敏感だった。素手でさわるな、ルイスミに言った。すぐに手を洗え、邪気が充満しているかもしれないから、ここから離れたほうがいい、とさとした。悪いことは言わねえ。せかしたのは、チャベラがモーテル・パラディソにバラバスとしけこんでいないか、確かめに行きたくて、気がせいていたからだ。ルイスミにそのかっこうをなんとかしろと声をかけて、自分は母屋に戻って着替えをすませ、車のキーと携帯電話をとり、あり金をかき集めた。だが、外に出てみると、ルイスミは何も聞いていないのがわかった。もう出かけられると、車の脇につったっていたが、体じゅう泥だらけで山羊のように臭く、靴もはいていないし顔は煤だらけだった。バカ野郎、そんなかっこうじゃどこにも行けねえよ、おまえ、くせえよ、つべこべ言わねえで、腋の下だけでも洗ってこい、と言ってやらなければならなかった。すると、ルイスミはきれいな水を入れてあるドラム缶のところに行って、いきなり馬のように水の中にザバッと頭をつっこみ、汚れがおおかた落ちるまでしばらく顔を沈めていた。ルイスミは、清潔な服をもう持っていなかったので、ムンラはTシャツをかしてやらなければならなかった。それもこれも、ちょっとの間でも家を離れて動いて、チャベラを探すためで、その前にサラファアナの店でクラマト入りのビールを一本ひっかけようとムンラは思ったが、店は閉まっていた。寝巻き姿でドアをあけたサラファアナの孫娘に、まだ朝の九時だよ、無茶言うんじゃないよ、この酔っ払い、と追い返され、彼らは仕方なく幹線道路を走り、エル・メテデロに入った。そこで軽食として出しているカニのエンパナダは固くて脂っこかったが、ビールはよく冷えていたし、騒々しい音楽のおかげで余計なことを考えずにすんでムンラは気が休まった。だが、ルイスミはどうしたことか、一本目からちっとも落ち着かず、しまいにムンラに身を寄せてきて、スピーカーから流れる大音響ごしに、もうやってられない、このところクソなことばかり起こると嘆き、泣き言をならべ始めた。ルイスミがムンラに悩みを打ち明けるのはめったにないことだった。ルイスミはすえた息をムンラの耳元にはきかけながら、何もかもうまくいかないし、ノルマもあんなことになってしまって辛い、最悪だ、ありえない、と涙を流した。ノルマをとりあげられて、どこにいるのかも、ノルマと赤ん坊がどうなったかも教えてもらえなくて、また会えるかどうかもわからないし、石油会社の仕事だって、エンジニアの友だちは数か月前から姿を見せず、電話に出もしない。それもこれもみんな、今年の初めに、金のことで魔女ともめてからだ。魔女は彼が金を盗んだと言うけれど、そんなことはしていない。誰かにすられたか、魔女が自分でどこかにやったのだろうと言っても信じてもらえなくて、無視されるようになっていたから、ノルマの仲をひきさこうと魔女が呪いをかけたに違いないと。ムンラはそわそわと携帯の画面を見たりダンスフロアのほうに目をやったりしていた。頬を寄せ合ってだるそうに踊っている女たちが気になるからではなく、魔女が話題になると不安で落ち着かなくなるからだった。そこらの若い連中がまとわりついている、あのトランスジェンダーの女のことをムンラは聞きたくないと、ルイスミだってよくわかっているだろうに。なんであんな奴のことを知る必要がある？　頭にクソをつめこむようなもんじゃないか。ムンラはいつもチャベラにも言っていた。なあ、おまえんとこの客はみんな上品でよかったな、みんなりっぱな紳士ばかりでよ、だけど、いちいち俺に話さなくていいぜ、何も言うな、なんて名前だとか、どこの奴だとか、太ってたとかやせてたとか、そんなこたあどうでもいいと。どんな男に呼ばれたとか、エクスカリブルで働いている女たちとどんなことでもめたとか、仕事のことをチャベラはいつも話したがったが、ムンラはそういう話が好きではなかった。彼は心穏やかでいたかった。チャベラはすべきことをして、神に祝福されていればいい。だが、チャベラ、俺には何も話すな、と年じゅう注意しなければならなかった。ルイスミはもともと自分のことを話すほうではなく、黙っていろとたしなめなければならないことなどこれまで一度もなかったのだが、その日はひどく取り乱していて、いっこうに黙ろうとしなかったので、頭の中に現れた光景を追っぱらって話題を変えたいムンラは、呼び出し音が鳴ったふりをして突然立ちあがり、携帯に耳を押しあてて、ちょっと待ってろ、とルイスミに告げ、松葉杖をとって、音がよく聞こえるように店の外に出て、自分の車に背をもたせかけて妻に電話をかけたが、やはり電話は電源が切られたままだった。チャベラめ、絶対バラバスの野郎といるな。そうに決まってる。モーテル・パラディソか、幹線道路沿いのどこかのネズミの巣か、でなけりゃバラバスのスケベ野郎の車の中でか、ちちくりあってるんだ。あいつの仲間たちに、自分はどう思われているのだろう。ムンラってばっかじゃないの？　あれで気がつかないなんてさ。仕事だなんて言って三日も家に帰らないのに、けんかにならないわけ？　ムンラは衝動的に車に乗り込み、アクセルをいっぱいに踏みこんで、パラディソまで十キロをとばしたが、パラディソはがらんとしていて、車一台なかった。給料日あとの週末にしてはめずらしい。そこで、車を止めて誰かに聞くこともできずに、そのまま数キロ先、マタコクイテ村の入り口にあるエクスカリブル・ジェントルマンズクラブの、メキシカンピンクのセメントのかたまりまでまた車をとばした。だが、そこにもあの北部出身のスケベ野郎の車もなければ、バラバスのまわりをいつもうろついている、帽子を被ったちんぴらどもの姿もなく、南京錠はかかっていなかったが金属のシャッターがおりていて、ムンラはほっと息をついた。正直なところ、爪で目玉をえぐられたり蹴とばされてキンタマをつぶされたりする危険を冒して、バラバスの用心棒どもと対決してチャベラを連れ帰るほどの度胸はなかったからだ。そこで、そのままひきかえし、ガソリンスタンドに寄って携帯をとりだし、チャベラにメッセージを書きあげた。読んだら心が痛み、あんなひどいことをしなければよかったと後悔し、おしっこやうんこをもらしながらチャベラがわあわあ泣きだすような胸を打つメッセージだったが、送ろうとしたちょうどそのとき、手の中で携帯がぶるぶる震えたので、びっくりして車の床に携帯を落としそうになった。瞬間、チャベラかと思ったが、それは、おい、もっと飲もうぜ、というルイスミからのメッセージだった。どこいるんだ、とムンラが返すと、ビジャの公園、と返事がきた。ムンラはガソリンメーターを見て、今はラ・マトサに戻ってコンチャの店に寄り、アグアルディエンテを一リットル、ツケで買って、意識がなくなるか死ぬまで、まあ死にはしないだろうけれど、チャベラを待ちながらベッドの中でちびちびやるのが一番賢明だろうと思った。と、そこで今度は電話が鳴り、またしてもルイスミが、金を手にいれた、ガソリン代を出すから、用がある場所まで車に乗せてくれ、と言ってきた。そこで証人は、義理の息子が、飲み続ける金を手に入れるあてのある場所まで車で送ってもらいたがっていると理解して、わかったと言い、テキサスRGX511のナンバーの、青と緑の一九九一年型シボレー・ルミナのバンに乗り込んで、指示された場所である、ビジャ市役所前の公園のベンチに向かい、そこで義理の息子と落ち合ったが、彼は二人の人物と一緒にいた。一人はウィリーというあだ名で知られている、ビジャの市場で映画を売っている男で、年は三十五か四十くらい、黒い長髪に白髪がちらほらまじり、たいていはロックグループのTシャツに、黒いミリタリーブーツを履いていた。もう一人は、あだ名なのか本名なのかわからない、ブランドという名で呼ばれていることしか知らない、目が黒く、黒い短髪の前髪を立てている、明るめの褐色の肌をした、十八歳くらいのやせた若者で、焦茶色のバミューダパンツと、チチャリートの背番号のマンチェスターユナイテッドのチームシャツを着ていた。義理の息子のかっこうは既に話したとおりで、証人は二時間くらいこの三人と公共の場で過ごすあいだに、ブランドという若者が大きなポリ容器で混ぜて作った、オレンジ風味のサトウキビのアグアルディエンテを数リットル飲んでマリファナタバコを吸い、彼ら、つまりルイスミとブランドとウィリーは、メーカーも名称も証人にはわからない向精神薬もとった。午後二時になると、頼んだことをやってくれるかと義理の息子がたずねてきたので、私はガソリンがない、まず金をくれとこたえ、そこで金を持っているのはブランドだと気づいたのです。ブランドが、五十ペソ札をくれて、ラ・マトサまで乗せていけと言い、私が、いや百だと言うと、今五十で、帰りに五十やると言ったので、わかったと言って、私たちは出発しました。でも、ウィリーは来ませんでした。公園のベンチで正体をなくして、私たちが車にのりこむのも気づきませんでした。私たちはまずスタンドに寄って五十ペソ分ガソリンを入れて、そのあとラ・マトサに運転していきました。ブランドの指示で幹線道路を走って、それから右に曲がって、精糖工場に行く道に入りました。奴らが行こうとしているのが魔女と呼ばれている人物の家だと気づいたのはそのときで、私は嫌な気分になりました。あの家で行われていると噂されていることを思うと気が進まなかったんですが黙ってました。あいつらはただその人物に金をせびりに行くだけで長居するわけじゃない、すぐにすむことだし、私は車の中で待っていて、すんだらまた飲みにいけばいいとわかっていたというか、ブランドにそう説明されたからです。で、魔女の家の二十メートルほど先の木のところで車を止めろと言われ、そこから動くな、時間はかからない、間違っても降りたりサイドのドアをロックしたりするなと念をおされました。ルイスミは何も言いませんでしたが、私は、奴がひどく緊張しているのがわかりました。二人とも、酔ってるのがわからないほどぴりぴりしていて、珍しいと思いましたが、私は特に何も言わず、とうとう二人は出ていきました。バックミラーをのぞいたとき、二人は台所のドアから入ろうと、玄関の前を通りすぎるところだったが、そのときムンラはどちらかが彼の松葉杖を持っていったことに気づかなかった。証人は一度だけ、その家に入ったことがあった。まだバイクを持っていて事故にあっていなかったときなので八年以上前だ。お祓いをしてもらえとチャベラに連れていかれたのだが、ドアをあけてみると、家の中が豚小屋のように汚く、台所に腐りかけた食べ物がほっぽらかしてあって悪臭がし、廊下の壁はスプレー絵の具で描かれたポルノめいた絵と意味がさっぱりわからない謎めいた記号で埋めつくされていて、彼は疑心暗鬼になった。彼はこのあたりの人間ではなく、グティエレス・デ・ラ・トレの出だったので、そのときまで魔女が本当は男だということは聞いたことがなかった。当時四十か四十五歳くらいだった魔女は、黒ずくめの女装をした男で、長く伸ばした不気味な爪を黒く塗り、ベールのようなもので顔を隠していたが、声を聞くか手を見ればすぐに男だとわかった。もうお祓いはいい、気が変わった、オカマに体をなでられると思うとぞっとすると言うと、チャベラは腹を立て、お祓いをしなかったからあんな事故に遭ったのだ、傲慢さのばちがあたったのだとそのあとずっと言い続けたが、ムンラは、ばちというより、あの日気を悪くした魔女に呪いをかけられたのではないかと疑っていた。あの家には台所から入ると知っていたのはそういうわけで、さっきも話したとおり彼女の習慣にも外見にも嫌悪を覚えていたので個人的なかかわりはありませんでした。でも、だからっていためつけてやろうだなんて断じて思ったことはありません。私は何も見なかったんです。さっきも言ったように、私は何も見なかったし、何があったかも、あいつらが何をしたかも知らなかったんです。だって、見てください、署長さん、私は二〇〇四年の二月からこのとおりで、歩けないんですよ。金というのがどの金のことなのかもわかりません。誓って言いますが、何をたくらんでいたのか、あいつらは私には一言もしゃべりませんでした。ガソリン代に五十ペソくれただけで、あとでくれると約束した分ももらってません。魔女のところで何か盗むつもりだろうかくらいは考えましたが、まさか殺すだなんて思いもしませんでした。車から降りずにずっと運転席で、あいつらが出てくるのを待ってました。ちんぴらどもがなかなか出てこず、待ちくたびれて、ムンラがもう帰ってしまおうかと思ったとき、ようやくルイスミの怒鳴り声が聞こえ、振り向くと、二人がぐったりした人物をひきずるようにしてサイドのスライドドアのところに戻ってきていた。義理の息子と連れは、その意識のない人物を車の中に押し込むと、出せ、早く、と叫び、ムンラはアクセルをぐっと踏み込み、車は精糖工場のほうに走りだしたが、まっすぐ川まで行かずに、工業団地の裏手の畑のほうに出る道に入るように二人に言われた。そのあたりはムンラもよく知っている場所で、ルイスミやほかの友人たちとときどき出かけては、どこまでも続く、夕陽を浴びたサトウキビの海を眺めながら、用水路わきの木陰で涼をとったりマリファナを吸ったりすることがあった。彼のバンのラジオは壊れていたので、誰かが携帯のボリュームをいっぱいにあげて流す音楽を聞きながら、いつもは気持ちよく走る道だったが、最初のカーブを曲がったところで、どこか痛むのか息苦しいのか、魔女がうめき始めたので、ちんぴらどもが黙れとわめいて蹴ったり踏んづけたりした。用水路のところまでくると、止めろ、ここで止めろ、と言われて、ムンラは従い、二人は魔女を降ろし、というよりも髪と服をつかんで地面にひきずり降ろした。魔女の髪はぐしゃぐしゃで、ぐっしょり濡れているのがムンラにも見え、後から車の床にべっとりついた血糊を見て、血だったのがわかったが、そのときは何で濡れているのかわからなかったし、確かめようともしなかった。ムンラはただ、運転席で手を膝に置き、まだ丈のあまり高くないサトウキビの列を見つめていた。

からからになって雨の季節を待つ、岸辺から向こうの青い山のふもとまで続く若いサトウキビの列を。本当に、本当に、本当のことを言えば、見たくてたまらなかった。いつかあいつらがふざけて、遊びでやっていたみたいに、きっと魔女を素っ裸にして用水路にほうりこむつもりだろうと思って。だが、なぜか振り向くことができず、ムンラは体が麻痺したかのようにじっと座席にかたまったまま、バックミラーを見もしなかった。自分だけでなく、誰かが車に乗っていて、そいつが後部座席からムンラのいるところまでにじり寄ってきて、その人だか物だかが動くと、重みで座席のスプリングが軋む音まで聞こえるような気がして、ムンラは昨夜の夢を思い出し、ミルセアばあちゃんのことを思った。誰かが悪魔のことを口にすると、ばあちゃんはいつも、神様、私をお守りください、神様、あなたを信じています、ああ、お願いです、私の主はあなただと、あなたはヤーウェにおっしゃいましたよね、とつぶやいたものだった。その時、湿気を帯びた一陣の風が車の窓から吹きこんできた。今にも雨が降りだしそうな湿気を含んだ風が、からからになったサトウキビを地面になぎ倒した。遠く、空の真ん中で黒雲が太陽を覆い、稲光が音もたてずに遠くの山に落ち、一本の枯れ木を丸焦げにして真っ二つに引き裂いたのが見え、一瞬、ムンラは耳が聞こえなくなったかと思った。というのも、ガキどもに耳元で怒鳴られ、体を揺さぶられてようやくはっとして、エンジンをかけっぱなしだったのを忘れてキーをひねり、ハンドブレーキをおろして発進したのだが、そのあいだも、彼らが何を言っているのか、さっぱりわからなかったからだ。未舗装の道だけを見すえて運転していると、二人がわめき、笑い、時々ドンドンと何かを叩くような音がして、気づくと日が暮れていた。バカス海岸を走り過ぎ、ビジャの大通りまでのぼって、市役所前の公園にたどりつくと、その時間の公園はそぞろ歩く人やベンチで涼む人であふれ、吹奏楽団の中学生たちが、次の月曜日にあるメーデーのパレードの練習をしていて、何もかも普段どおりの平和な光景が広がっていた。後ろの二人もようやくおとなしくなり、数ブロック行ったところでブランドが、その角で降ろしてくれと言い、ムンラは車を止め、ブランドが降りた。駆けていく姿を見送っているときはじめて、ブランドがマンチェスターのシャツではなく、黒いTシャツを着ているのにムンラは気づいた。そのとき、ルイスミが前の座席に移り、離れで一人、誰も聞いていそうにないときにするように鼻歌を歌いだした。ラ・マトサに向かって車を走らせながらムンラは、さっきのは冗談だったのではないか、彼が魔女を苦手なのを知って、ちょっとばかりおどかそうと悪ガキどもが仕掛けた猿芝居だったのではないかと思いめぐらした。その瞬間にもあの場所で当人がもう死んでいたか、死にかけていたことなど、どうして彼にわかるだろう。あのろくでなしどもがしたことを彼は見なかったし、彼は利用されただけ、金をくれるというから車を出しただけで、彼らが何をたくらんでいたかなど知らなかったのだから。金のことはあいつらに聞いてくれ。家の中に入ったのはあいつらだし、もとからあいつらはしょっちゅうあそこにいりびたっていたのだ。魔女とルイスミがここ何年も愛人関係にあったことや、金がもとでこのところもめていたことは村じゅうが知っていた。ルイスミに聞いてくれ。ブランドに聞いてくれ。奴は公園から三ブロック先の、ゲームを置いているドン・ロケの店のそばの、白いドアの黄色い家に住んでる。金をどうしたかは、あのちんぴらに聞いてくれ。それに約束した五十ペソはどうなっているのかも。あまりの衝撃に、ムンラはベッドに入るまで五十ペソもらいそびれたことをすっかり忘れていたのだった。眠りたいのに、目をつぶると底なしの深淵に落ちていく気がして、彼は汗まみれのシーツの上で何度も寝返りをうった。目ざめていたくないが、一方でチャベラのことが頭から離れず、しばらくのあいだ何度も何度も電話してみたが、やはり電源は切られたままで、明け方近くなってルイスミのところにクスリを一粒もらいに行こうかと思いついたが、真っ暗な庭をつっきるのは気がすすまず、それにあいつはすっかり中毒だから、どうせ今頃はもう全部のんでしまっているだろうと思った。あんなにのんでいたら、今に朝になったら冷たくなっているなんてことになるぞと思ううちに、ムンラはざわざわした浅い眠りにおちていった。

5

奇跡よ、この子は奇跡、ピンク色のガウンを着た女が言っていた。神さまがいて、聖フダスさまが不可能まで可能にしてくださる証拠ね。見て、女は目を落とし、喜びに顔を輝かせて、左の乳首に吸いついている赤ん坊にほほえみかけた。一年まるまる、一日も欠かさず祈ったかいがあったわ。ベッドから起き上がれない日も、悲しくてたまらない日も、わたしの子を生かしてください、赤ん坊を子宮にとどまらせてください、あんなに気をつけて、あんなにビタミンをとったのに、結局流してしまわないでください、トイレに駆け込んだら服が血だらけで、泣くしかないなんて目にあわせないでくださいって、聖フダスさまに祈ってきたのよ。トイレに駆けていっては、まただめだったってわかるっていうのがここ何年も続いて、あげくに血の夢を見たの。自分の血の中でおぼれている夢を。八回続けて、ここ三年のあいだに八回もだめだったから。嘘じゃないって、神様に誓うわ。しまいに主治医の先生まで、あなたの子宮は胎児をとどめておけない、あれも足りないし、これも足りない、外科手術が必要だけど、してもそれでよくなるかはわからない、一番いいのは妊娠しないこと、あきらめなさいって言ったのよ。何よ。あの女医、ダンナも子どももいないか不妊症なんじゃない？　わたしの子宮はもうダメだから、養子をもらえなんて言ったのよ。ダンナもがっかりして、今に離婚するって言われるんじゃないかってどきどきしていたら、姉さんの近所の人の友だちに、聖フダスさまにお祈りしたらってすすめられたの。でも、ちゃんとよ、聖像を手にいれて祝福してもらって、麦の穂と白檀の香りの上等な蠟燭を立てて、毎日謙虚にひたすら祈るのよって。で、わたしは思ったの。どっちみちだめなら、やってみようって。そしたらこのとおり、聖フダスさまが奇跡を起こして、天使をさずけてくださった。神様と聖フダスさまに感謝して、アンヘル・デ・ヘスス・タデオって名前にするわ。だって、これこそ奇跡じゃない？　六時間前に生まれたアンヘル・デ・ヘスス・タデオは、部屋が暑いからか、小さなこぶしをさかんに振りまわしてふんぎゃあ、ふんぎゃあと泣いていた。隣のベッドに寝ていたノルマは、赤ん坊の泣き声がどこか癇に障って鳥肌がたった。皮膚が赤くなるほど手首にくいこんだごわごわしたバンドでベッドの柵に縛りつけられていなかったなら、赤ん坊の泣き声や、病室にいる女たちが赤ん坊をあやす甘ったるい声を聞かずにすむように、両手で耳をふさいでいただろう。それに、ベッドに縛りつけられていなかったら、病院から、このむかつく町からできるだけ遠くへと、とっくのとうに逃げだしていただろう。この女たちからも、女たちの目のクマや妊娠線やうめき声からも、カエルみたいな口で黒い乳首に吸いついているやせっぽちの赤ん坊からも、この息苦しい部屋に充満した匂いからも離れられるなら、裸足だって、背中とお尻がまるだしのガウンの下に赤黒くなった体しかなくたってかまわない。皮膚にまとわりつくような、したたる母乳とすえた汗の、甘ったるいような苦いような匂いをかいでいると、ノルマはシウダー・デル・バジェの部屋に閉じこめられて、パトリシオを腕に抱いて、息を詰まらせないようにずっと揺すってやっていた午後のことを思いだした。口からヒューヒューと息をはいている赤ん坊の弟を温めてやろうと、小さな胸を手のひらでさすってやるのに、肺が腐っていっているかのように、喘息の荒い息遣いが聞こえていたことを。かわいそうに、底冷えのするシウダー・デル・バジェの一月なんかに、どうして生まれてきたのだろう。しかも、その頃住んでいた、バスターミナルが目と鼻の先にある、セメントのうすっぺらい壁だけの箱みたいな、しきりも何もない一間きりの家は、すぐ後ろにある五階建ての建物に太陽のぬくもりを全部奪われて、朝起きたときに息が白くなる日もあった。五人は部屋に一つしかないベッドに、ありったけの服を広げた上に毛布をかけて身を寄せあって眠り、パトリシオのゆりかごは、電灯になるべく近いところにさげてあった。パトリシオがみんなに押しつぶされたり窒息したりしたらいけないと、母が気づかっていたからだ。寒い思いをしないようにと、電灯はいつもつけてあった。ノルマは、パトリシオが息をうまく吸いこめないのがよくわかっていた。ホイッスルを飲みこんだみたいにヒューヒューと気管から音がして、喉がつかえて咳きこみ、冷え切った部屋の中で小さな拳を振りまわして苦しそうにもがくので、ノルマはそのあいだずっと揺すったりあやしたりし、時にはなんとかしてやりたくて、小さな口に指をつっこんでつまったものをかきだしてやろうとした。何もとれなかったが、緑がかった固い痰の塊がつっかえているように思えたからだ。ノルマが話していたから、母もそのことを知っていた。起きてみると、みんなが体を寄せ合って眠るベッドの上に吊るしたゆりかごの中で、パトリシオが全身青くなり冷たくなっていた朝、ノルマのことを母が怒鳴りもひっぱたきもせず、役立たずのバカ娘と罵りもしなかったのは、だからだろう。ベッドでは、マットの片方の端に母が、もう一方の端にノルマが寝て、弟と妹三人は、母が言うには、寝返りを打ったときにベッドから落ちてセメントの床で頭を割らないように、二人の間に寝ていた。ノルマは母の言うとおり、一晩じゅうベッドの端にいて、おしっこをしたくて目が覚めて眠れないときもがまんした。毛布の中で括約筋をしめ、肺に空気をためて、弟たちのいびきや寝言の間にかろうじて聞こえる母親の寝息に耳をすましていると、母がまだ息をしているか、母の心臓が打っているか、かわいそうなパトリシオみたいに冷たくなって体が硬直していないか、弟たちの上から腕を伸ばして確かめたくなった。ノルマは、新生児の泣き声と、髪が乱れた女たちとその家族のうっとうしいおしゃべりに囲まれた病院のベッドで、かつてしていたように股を閉じ、歯をくいしばって、痛む腹筋をしめて我慢していたが、結局、温かいおしっこがちょろちょろと無惨に流れ出てしまった。恥ずかしくて目をつぶり、ガウンに広がり、シーツを黒く濡らしていくシミや、そばのベッドの女たちの嫌そうにしわをよせた鼻や、看護師たちのとがめるような視線を見まいとした。ようやく服を着替えさせてもらえたときも、ベッドにくくりつけてあるバンドは一時としてとかれなかった。警察が来るまで、あるいは、何があったかノルマが正直に白状するまでは拘束しておくように、ソーシャルワーカーが指示していたからだ。しかし、医者が道具を挿入するために麻酔をかけたときでさえ、ノルマは何も言おうとしなかった。名前はなんというのか、本当は何歳なのか、何をのんだのか、誰にそれをもらったのか、どこに捨てたのか、そもそも、どうしてそんなことをしたのかも、ノルマは黙りとおした。いいかげんにしなさい、警察がつかまえにいくから、そんなことをした相手の名前と住んでいる場所を言いなさい、そのろくでなしは、あなたを病院におきざりにして逃げてしまったのよと怒鳴られても同じだった。相手に腹がたたないの？　相手に報いをうけさせたくないの？　ノルマはその頃になってようやく、これは本当に起きていることなのだ、悪い夢ではないのだとわかり始め、唇を嚙みしめ、首を横に振り、一言も発すまいと心に決めた。救急外来の廊下で順番待ちをしている人たちの目の前で看護師に真っ裸にされたときも、はげ頭の医者が股間に頭をつっこんで、性器の中をほじくりまわしたときも。その時、ノルマにはそれが自分の体だとわからなかった。肋骨から下の感覚がなくなっていたせいもあったが、やっとのことで頭をあげたときに見えた、剃り上げられた赤らんだ恥丘は、市場で見かける、死んで切り開かれた鶏の、鳥肌の立った黄色っぽい皮そっくりで、その見おぼえのない肉の塊が自分のものと思えなかったからだ。そこで彼らは、ノルマを拘束した。器具を入れるあいだに動いて傷つけないためと説明されたが、というよりも、自分が逃げないためだとノルマはわかっていた。だって、彼女はその部屋から逃げ出したくてたまらなかったから。素っ裸だって、廊下側の開いたドアから入ってくる風で、震えて歯がガチガチ鳴っていたってかまわない。実際、風はむしろ熱く、むしむししているといってよかったが、四十度の熱があるノルマには、シウダー・デル・バジェを囲む山から吹きおろされる夜風と同じく、凍てつくように感じられた。もう何年も前の二月十四日、松と栗の木におおわれた、青い塊のようなその山に、ペペが連れていってくれたことがあった。ノルマも弟たちも母親もずっとシウダー・デル・バジェに住んでいるのに、森を知らないなんてありえない、あんな素晴らしいものを見たことがないなんて、山は母なる自然の宝庫だぞと、ペペがいつもの芝居がかった口調で言った。雪だ、雪だ、雪を見よう！　うっそうと茂った木々の間にくねくねと続く山道をのぼりながら、弟や妹がはしゃぎ、ノルマもみんなと走ったり、眼下に広がる町やすぐそこにある雲を見たり、苔や松葉に覆われた地面の霜をふんだりして、最初は楽しんでいたが、その朝、何を間違えてか、身支度をするときに靴下を履き忘れてしまったので、穴のあいた靴底から森の地面の湿気がしみこんできて、あのときのかわいそうなパトリシオのように、冷え切った足がかじかんで凍りつき、痛くて我慢できなくなった。結局ハイキングは途中でとりやめて、町に戻るバス停までペペにおぶってもらって山をおりなくてはならなくなり、山頂に行けず、雪にさわれず、テレビで見たように雪合戦をしたり雪だるまを作ったりできなくなった弟や妹はがっかりして泣き騒ぎ、まったくバカだね、おまえときたらいつでもみんなの楽しみを台無しにする、と母に罵られ、ノルマは家に帰るまでのあいだずっとしくしく声をおしころして泣いていた。ペペは、母が腹を立てたときの常で、みんなを笑わせて場をなごませようとしたが、母は眉をひそめ、口をへの字に曲げて、とがめるような目で彼女を見続けた。ノルマがベッドにくくりつけられた理由を知ったあと、看護師たちが見せたのや、彼女が入院した夜に、ソーシャルワーカーが彼女に向けたのと同じ目つきだった。まったく、今どきの子ときたら自分で後始末もできないくせに、こんなことばかりして。麻酔をしないで掻爬してくれるように先生に頼んであげましょうか。そしたら、自分が何をしたかわかるかしら。治療代はどうするつもり？　誰に面倒を見てもらうの？　ここにあなたを置いて、知らん顔で逃げた男をそこまでかばうなんて、どうかしてるわよ。こんなことをした相手は誰？　名前を言いなさい、でないと、あなたが刑務所に入れられるわよ。意地をはらないで。ノルマは廊下から吹きこんでくる凍えるような風のせいで気が遠くなりながら目を閉じ、唇を結び、ルイスミの笑顔や、公園で近づいてきた日に目を引いた、日ざしをうけて赤茶色に光っていたぼさぼさの髪を心の中で思い浮かべた。ノルマがしたことも、魔女がしたことも、魔女に、だめよ、できないと言われたのに、チャベラが頼みこんだことも、何も知らないかわいそうなルイスミ。頼むよ、助けておくれ、びびることないじゃないか、なんで今度に限って断るんだい、これまでだって何回も、あたしやうちの子たちに作ってくれたじゃないか、どうってことないだろう、いくら払えばいいんだい、とチャベラが言っても、魔女は首を振るばかりでとりあわず、薄汚れた台所でがらくたを移動させるのに余念がなかった。壁がすっかりすすけた、天井が低い台所の棚には埃をかぶった瓶がずらりと並び、壁にはまじないの絵やら、目のところを消した聖人のカードやら、性器を丸出しにしている巨乳の女の写真の切り抜きなどがべたべたと貼りつけてあった。いいだろ、あいつだっていいって言ってるんだから。そうだよね？　たずねられてノルマは、一瞬、言葉に詰まったが、テーブルの下でチャベラがふくらはぎを蹴るのを感じて、うん、うんと激しくうなずき、突き刺さってくる魔女の視線にどうにか耐えた。ノルマの目に何を読みとったのかわからないが、魔女はかまどで燃えている熾火をしばらく棒でかきまわしていたが、しまいに、わかったわよ、作ってあげるわよ、と言った。そして、アルコールをたっぷりぶちこんだ、煮えたぎっているどろっとした塩辛いのみ薬と、薬草の束と、汚らしい容器から取り出した粉を用意し、最後にそれを、テーブルに座ったノルマの前においたガラス瓶に注いだ。瓶の脇の粗塩を敷いた皿の上には、長いナイフを突きたてられた腐ったリンゴがあって、まわりにしおれた花びらが散っていた。魔女は頑として金を受けとろうとせず、チャベラが無理やりテーブルに置いた二百ペソ札を嫌悪のこもった目でにらんでいたので、ノルマは自分たちが出ていったらすぐに魔女はその紙幣を燃やしてしまうだろうと思い、薬をもらって魔女の家からひきあげると、心からほっとした。だが、外に出て、チャベラの家に向かって歩き始めたとたんに、魔女が、ハスキーだが甲高い独特の声で、台所の扉をわずかにあけて何か叫ぶのが聞こえてきた。ノルマが振り返ると、ベールで顔を隠していたが、魔女が自分に向かって言っているのがわかった。全部いっぺんに飲むのよ！　吐きそうになっても、残らずね！　中から体をかきむしられるみたいになっても我慢して！　怖がらないで。そしたら、うんといきむの、最後まで……。で、埋めるのよ！　チャベラはぐいっとノルマの手首をひっぱった。爪が皮膚にくいこんだ。あのオカマ、あたしが初めてだとでも思ってるのかね、と唸り、聞こえないふりをして、歩を早めた。やっぱり、ここで飲んでいったら……。最後に魔女が呼びかけたが、遠すぎてその声はかすかになり、何を言おうとしたのか、もう聞きとることができなかった。ノルマはチャベラのスピードについていくのと、うっかり瓶を落として粉々にしないようにするだけで精一杯で、息が切れた。なんだい、魔女ったら、耄碌してきたのかね、とチャベラがぼやいた。大袈裟なんだよ。あたしが何も知らないわけじゃあるまいし。あんたのお腹が大きいって最初に気づいたのはあたしだよ、そうだろ？　あんたの着てるものがひどすぎるから、洋服をあげようっていって目の前で裸にならせたとき、体の線を見て気づいたんだよね、覚えてるだろう？　ノルマはよく覚えていた。ルイスミが彼女を自分の家に連れて帰った夜から、三週間がたとうとしていた。三週間前のあの夜、ほとんど夜通し、二人それぞれ自分のことを話して過ごした。まだよく知らなかったから、嘘も本当もまぜこぜで、あのむきだしのマットの上で語りあったのだ。電球が切れていたので小屋の中は真っ暗で、ルイスミが笑うたびに、歯が光るのがかろうじて見えた。あの夜、最後にはセックスだか、セックスのようなことをした。家に連れてきてくれたからには、対価を求めてルイスミがとびかかってくるだろうと、ノルマはずっと思っていて、そうしたらお腹が大きいことや口の味に気づかれてしまうだろうとおびえていたが、幸いその夜、ルイスミは口にキスをしなかった。ノルマに触れるといっても、ルイスミの指先の臆病な愛撫は、半分開いた戸口から、たぶん二人の汗の臭いにつられて入ってくる虫の羽音にかき消されるほどかすかだった。暑かったので、二人はだんだんと服を脱ぎすてた。体の奥から、ふくらんだいまいましいお腹から、暑さがふきだしてくるようだった。ルイスミが手をのばしてまさぐれば、すぐにも秘密は暴かれたに違いないが、ルイスミは触ろうとするそぶりも見せなかった。ルイスミは何もせず、ただ隣に横たわっていた。不安なまま待つのに耐えられなくなって、先に手を出したのはノルマだった。昔、弟のグスタボやマノロをお風呂に入れたときのように、ルイスミのペニスをひっぱってやったが、彼はただ静かに息を吐きだしただけだった。触ってやるうちに、弟たちの体のソーセージのような部分が大きく固くなるのを、ノルマはおもしろがったものだった。ルイスミは、弟たちと同じように撫でるとすごくおとなしくなって、ほとんど声もたてなかった。ノルマはルイスミの骨ばった腰にのっかって、やるとぺぺが喜ぶように、腰を前後に、上下にと激しく動かしたが、ルイスミはどうでもよさそうにされるがままになり、気持ちよさそうに声もたてなければ、彼女の胸を触ったり尻をもんだりもしなかった。ぜんぜん動かず黙ったままなので、ルイスミの顔が見えないノルマは、自分の下で眠ってしまったのだろうかと思い、辱められた気分になり、目に涙を浮かべて体を離し、無駄に動いたせいで汗びっしょりになった背中を彼のほうに向けて横になり、入り口にドア代わりに立てかけた板の上からのぞいている、ビロードのような夜の景色の切れ端を見つめた。だが、眠りに落ちかけたとき、後ろでもぞもぞと体を動かす気配がして、おずおずと彼女の裸の腰に手が置かれたかと思うと、乾いた唇がノルマの肩甲骨の中央にキスをした。ノルマは体に震えが走るのを感じ、手でルイスミの体をさぐったが、今度はルイスミのほうからしかけてきて、唇を背中につけたまま、いきなり、驚くほどやすやすと、さっきとは違う穴から彼女の中にするりと入りこんだ。ノルマが嫌がるので、ペペが一度も入れたことのない穴だった。すごく痛いだろうと思っていたのに、ルイスミとだと心地よいほどで、たぶんそれはペペと違ってルイスミが上からのしかからず、独特のリズムで入れたり出したりしたからだろう。だが、ノルマが快感に思わずあえぐと、ほんのかすかな声だったのに、ルイスミは恐怖でかたまったかのように動かなくなった。ルイスミが最後までいき、自分の中ではてるのを感じたくて、ノルマはルイスミをできる限り奥まで導き、はてしなく長い間、必死で激しく体を動かした。だが、ルイスミは何も言わずにもう一度ノルマの腰に手を置くと、無言でわびるかのようにとてもやさしく、すっかり萎えたものを引きぬいた。とうとう眠りについたのが何時だったのかわからないが、ノルマがいっぱいになった膀胱の圧迫感で再び目を開けたとき、もう外は明るくなってい た。ルイスミを起こして洗面所の場所を聞こうとしたが、肩を揺すってもぴくりともしなかった。マットの上で丸まっているルイスミは、褐色の皮膚の下に背骨が痛々しいほどくっきり見えた。がりがりにやせた体を見て、ふと、自分より年下なのだろうかとノルマは思った。あばらがくっきり浮き上がり、貧相な性器は、股間の陰毛の森に隠れた意気地なしのカタツムリのようで、腕は細く、厚い唇は、眠りながら吸っている親指に押し当てられていた。そばでごそごそしていたら起きるだろうかと、ノルマはマットに座ってそろそろと、前日に着ていたワンピースを着たが、立ち上がり、ドアがわりの板を動かして外に出て、庭の奥のほうにしゃがんでおしっこをし始めても、ルイスミはやはり指を吸いながら眠り続けていた。全部出し終えて、残ったしずくが腿につたわないように尻を振って立ち上がり、ワンピースをおろし、庭の向こう側に建っているレンガづくりの家のほうを見ると、ウェーブした長い髪の女が窓のところで手招きをしているのが見えて、ノルマはぎょっとした。誰か他にいるのかときょろきょろとあたりを見回して、自分が呼ばれているのだとわかった。汚いことしないでよ、窓のところに行って最初に言われたのはそんな言葉だった。女性は、真っ赤な口紅を塗った厚い唇をほころばせた。むきだしの肩にたらした髪が、朝の湿気でふくらみ、メイクが落ちて黒っぽい筋が入った顔のまわりで、赤みをおびた茶色の後光のように広がっていた。髪がそっくりなのできっとルイスミの母親だろう、とノルマは思い、恥ずかしさに顔が赤らむのを感じた。女はタバコに火をつけた。トイレはこの中だよ、と言って、ノルマの頭の上にふうっと煙を吐きだし、タバコの火で、家の中を指した。使いたいときは、入りな。遠慮はいらないよ、嚙みつきゃしないから。ノルマはうなずき、ぼんやりと女の歯を見つめた。完璧な歯並びだったが、ピエロを思わせる真っ赤な唇のせいで黄ばんで見えた。あたしはチャベラ、女が言った。あんたは？ノルマ、やや間をとって、彼女は答えた。ノルマ、ノルマね……、チャベラが繰り返した。ねえ、あんたって、あたしの一番下の妹のクラリータそっくりだよ。もう何年も会ってないけど、すごくよく似てる。で、クラリータみたいに、尻軽ってわけか。だってあんた、あの子とやりに来たんだろう、えぇ？　黒いペンシルで描いた細い眉を上げて、タバコの先で、ルイスミが眠っている、端材を寄せ集めて作った小屋を指しながら、女は言った。ノルマが唇を嚙んで、思わずまた顔を赤らめると、チャベラはその沈黙の意味を勝手に解釈して、外の道まで届きそうな大声で、好きもんだね、あんた、まだ子どものくせにと言って、朝のけぶった空気を切り裂くような、けたたましい声をあげて笑った。それから、ノルマに向かって、やさしいというより意味ありげなほほえみをうかべて、ほんとにあんたはろくでなしのクラリータとよく似てるよ。でも、すぐに風呂に入りな。魚の腐ったみたいな匂いがするし、その服だってでれでれじゃないか。この服しかないんです、ノルマが蚊のなくような声で言うと、チャベラは目を細くしてぎろりと見返した。そして、深く一息吸いこんでから、火のついたままのタバコを庭に投げ捨て、優雅に肩をそびやかしてノルマに入るよう命じたが、ノルマはもじもじした。ぐずぐずするんじゃないよ、そう言いはなち、チャベラは窓の中に消えた。ノルマは玄関にまわって、開いたドアから、リビング兼食堂兼キッチンの部屋に入った。さまざまな色合いの緑色で壁を塗られた部屋には、タバコの灰と油汚れと酒の匂いがしみこんでいた。部屋の真ん中にある椅子に、男が脚を投げ出して、腹の上に手をおいて座っていた。黒眼鏡をかけ、白髪まじりの濃い口ひげをはやし、音を小さくしぼってテレビのクイズ番組を見ている。ノルマは部屋の前でためらい、もごもごと挨拶し、邪魔にならないように腰をかがめて、さっとテレビの前を通り過ぎたが、次の瞬間、男が口を開けて大きないびきを立てたので、眠りこけているのだとわかった。タバコの匂いと、立て板に水としゃべり続けているチャベラのハスキーな声に導かれて、ノルマは短い廊下を進んでいき、一つだけ開いていたドアをのぞいた。あたしの寝室だよ、チャベラが言った。いいだろう？　ノルマが答える間もなく、彼女は続けた。あたしが選んだ色だよ。芸者の部屋みたいにしたくてさ。ほとんど着てない服があるんだ。

エクスカリブルの子たちにやろうと買ったのに、あの子たちときたら、感謝も礼儀も知りやしない。赤と黒の壁と、煙のニコチンでほとんど黄色くなった白いレースのカーテン、部屋をほとんど占領している巨大なベッドをノルマは眺めた。ベッドの上には、服や靴や化粧品やハンガーやブラジャーが山積みになっていた。ほら、これを着てみな、チャベラが命令した。赤い地に青い水玉がプリントしてある、伸縮性のある生地のワンピースを手にぶらさげていた。いいからおいで。とって食いやしないって。ぼやぼやしてんじゃないよ。なんて名前って言ったっけ？　ノルマは答えようと口を開いたが、チャベラはそのまま続けた。この世界で生きてくにはさ、チャベラは持論をぶった。黙ってたら、負けちゃうんだ。あんたはあのろくでなしに、服を買ってくれってせがまなきゃいけないよ。気兼ねなんかしちゃダメ、男ってのはみんなそうさ。いい思いをさせてやったんなら、こっちだってもらうもんをもらわなくちゃ。賢くおなり。じゃないと金を全部ドラッグにつぎこんで、今にあんたが養ってやらなきゃならなくなるよ、クラリータ。だって、あたしはあの子をよーく知ってるからね、何を企んでるか、みんなお見通しさ。だって、あたしの産んだ子だよ。だから、ぼんやりしてないで言ってやりな。服を買ってくれ、いるものを買ってくれ、ビジャに連れてってくれってさ。ああいう男はしじゅうせっついてないと、ろくなことをしないからね。ノルマはうなずいたが、チャベラが一瞬黙ったとき、居間からさっきの男の豪快ないびきが聞こえてきて、思わず笑いそうになり、あわてて口に手をあてた。クラリータ、見たよ、あんた、笑ったね。自分だって黄ばんだ歯を見せて笑ったくせに、チャベラが見とがめた。いいかい、あのぐうたらだって、事故にあう前は、すごくいい男だったんだよ。今はあんなになっちまったけどね、クラリータ。今じゃ役立たずの飲んだくれで、あたしが仕事から帰ってきてもコーヒーひとついれてくれやしない。もうあんなのはお払い箱にしたほうがいいと思わないかい？　今風のいい男にのりかえるのさ。言い寄ってくる男はいくらでもいるんだよ。こう見えて、あたしがビジャに行ったらみんな振り返るし、指を鳴らすだけで、あたしの気をひきたい男が先を争って列になるんだから。さあ、クラリータ、さっさとおし。ノルマはチャベラの機関銃のようなおしゃべりとタバコの煙にひるみながら、部屋の真ん中に行き服をうけとった。チャベラはずっとタバコを吸い続けていた。床から何かを拾ってベッドにのせたり、ベッドに山積みになっている服のどれかを引き抜いて、これじゃないという顔で床に放り投げたりするあいだも、せきこみもむせもしないで、ずっと火のついたタバコを歯でくわえて話し続けていた。あんたはどう思う、クラリータ？　あのびっこのぐうたらなんか、棄てたほうがよくないかい？　それとも面倒を見続ける？　だってさ、ここはあたしの家なんだよ。あたしがこのお尻に汗かいて建てたんだ。あいつなんか、指一本動かさなかったんだよ。チャベラは、上に向けた手のひらをあげて、部屋にある家具や物や壁やカーテン、もちろん家全体と、家が建っている土地、まわりの土地全体を指していった。そんな重大なことにどうこたえたらいいのやら、ノルマは困惑して唇を噛んだが、幸いチャベラは彼女の意見を待たずに、またしゃべりだした。だからさ、賢くたちまわらないとね、クラリータ。あんたはそんな若いんだから、あのろくでなしよりもっといい男を見つけられるよ。ごめんよ、そんなふうに言って。でも本心だから。これまで男をどれだけ見てきたか知らないけど、絶対もっといいのがいるよ。だってあいつといたってろくなことないよ。よかったらバス代を貸してやるから、どこか知らないけど、家に帰りな。だって、違ってたらチンコを切ってくれてもいいよ、ついてないけどさ、あんたラ・マトサの子じゃないだろう？　ビジャの子でもないよね……。ああ、そうだったね、そんなとこに突っ立ってないで、そのこぎたない服を脱ぎな。惜しくはないだろう。こっちのほうがよっぽどいいよ。さあ、早く。ノルマは着ていたコットンのワンピースを脱いで、ルイスミの母親に渡された服に頭と腕を通すしかなかった。生地はやわらかくよく伸びて、体にぴったりフィットした。壁の、そこだけ黒く塗られたところにかけてある鏡をのぞいたノルマは、お腹のでっぱりがひどく目だつのを見て身がすくんだ。なんだい、クラリータ、背中でチャベラが言った。妊娠してるって、なんで言ってくれなかったんだい？　背後からぬっと、チャベラの顔が鏡に映った。

真紅に塗られた口が、いじわるそうに笑っている。ちょっとめくってみ、チャベラは命令した。すぐそばから有無を言わせぬ口調で言われてびくっとし、ノルマはかがんでワンピースの裾をつかむとまくりあげた。チャベラは、毛深い脚やむきだしの性器には目もくれず、お腹のふくらみをまじまじと見つめた。鮮やかな黄緑のマニキュアを塗った爪で、ノルマのお腹の、陰毛の生え際からへそにかけてのあたりに見える紫色の線をなぞった。ノルマは、くすぐったさよりも、めまいと吐き気を覚えた。この線でわかっちゃうんだよね、チャベラが言った。ノルマはワンピースの裾をつまんでいた手を離し、チャベラを見るのが恥ずかしかったのと、また火をつけられたタバコの煙を吸いたくなかったのとで、窓の外の遠くで風に揺れている、並んだ椰子の木のほうに顔を向けた。ルイスミの子かい、チャベラがたずねた。違います、ノルマがこたえた。こうなってるのを、あいつは知ってるのかい？　ノルマは肩をすくめて、首を横に振り、いいえ、と口でもこたえて、鏡ごしにチャベラを見た。チャベラは、何か思うところがあるかのように、目を細めて黙って彼女のお腹を見ていた。腕を組み、タバコの灰をいらいらと空中ではらった。口の端から長く一息、煙を吐き出すと、とうとう口を開いた。なるほど、今のところは、あの子には何も言わないでおこう、いいよね？　ノルマは鏡ごしに、チャベラの顔をじっと見つめていた。だって、あんた、産みたくないんだろう、ええ？　ノルマは耳が熱くなるのを感じた。頬もほてってきた。産みたくないなら、手を貸してくれる人がいるからさ。この手のことをなんとかしてくれる人が。半分狂ってて、見かけはちょっと怖そうだけど、根はいい人間だ。みてもらっても、お金はとられないから。あたしやエクスカリブルの子たちがどれほど難儀な目にあってきたか、あんたには見当もつかないだろうね。産みたくなければ、お願いしますとその人に頼めばいい。それとも産みたいのかい？　あんたが決めることだよ。なるべく早くね。そのお腹はこの先しぼみゃしないんだから。ノルマは、鏡ごしにさえ、チャベラの目をまともに見ることができなくて、ずっと自分の体に目を落としていた。お腹がふくらんできただけでなく、どういうわけか今はおっぱいも、前よりひとまわりかふたまわり大きくなっていた。一枚だけ持っていたブラジャーは一週間前に使わなくなり、家から逃げようと決めた日もつけていなかったので、手元にブラジャーは一枚もなかった。着ていたのは、今チャベラが気持ち悪そうに二本の指でつまんでいる、そのコットンのワンピースだけだった。シウダー・デル・バジェから逃げることにしたときは、そのワンピースとサンダルとセーターを身につけていたけれど、セーターは、バスが海沿いに出ると暑くて邪魔になり、どこかでなくしてしまった。きっと運転手に揺り起こされてバスを降りたときに座席に置き忘れたか、ピックアップに乗った男たちに追いかけられて、サトウキビ畑に隠れたときだろう。チャベラが黙りこんだので、ノルマは口を開いて、すべてを話しそうになった。何一つ包み隠さずすべてを。だがそのとき、庭から自分の名を叫ぶ声がして、はっとした。ルイスミが、窓の向こう側にいた。パンツ姿で、真昼の日差しがまぶしいからか、怒っていたからか、目を細め、髪はくしゃくしゃだ。そこで何やってんだよ、薄暗い部屋の中に彼女がいるのがわかると見とがめた。おまえの知ったこっちゃないよ、ひっこんでな、チャベラが唇に新しいタバコをくわえて怒鳴りかえした。ルイスミは嚙みつきそうな顔で母親をにらみつけ、唇を醜くゆがめて踵をかえし、〈俺んち〉と勝手に呼んでいる、今にもつぶれそうなかしいだ小屋に戻っていった。ノルマはついていくことにした。チャベラに服の礼を言い、居間を抜けると、男はまだテレビをつけたまま居眠りしていた。あいつとは話してほしくねえんだ、ノルマが小屋に戻るなりルイスミが言った。あいつと話すのも、あの家に行くのもやめてくれ、わかったな？　声を荒らげはしなかったが、腕をぐっとつかまれて、指の跡がついた。しょんべんをしたくなったら、裏でしろ。あっちに行くんじゃない。あいつんとこの娼婦になってほしくねえから、わかったな？　ノルマは、はい、わかりましたと言い、何がいけなかったのかわからなかったが、ごめんなさいと謝った。だが、その後も、ルイスミがマットの上で、時には正午を回ってもまだいびきをかいているとき、ノルマはトタン屋根の地獄のような暑さに耐えられなくなって、こっそり起きだし、庭の向こうのレンガづくりの家の台所に入りこんだ。いつでも開けっぱなしの扉から入り、チャベラの夫ムンラもまだ起きないうちに、コーヒーと卵とフリホレスやバナナライスやチラキレスなどを、ありあわせのもので作った。そのうちにチャベラが仕事から戻ってきて、夜明かしのせいで目を血走らせ、髪をぼさぼさにし、タバコの匂いをぷんぷんさせながら、ハイヒールの踵の音も高らかに入ってきて、テーブルに食事がのっているのを見ると、ぱっと顔をほころばせた。クラリータ、あんた、あたしよりよっぽど奥さんらしいね。この卵のおいしそうなこと。あのぼんくらのかわりに、あんたに娘になってほしいくらいだよ。チャベラが食べ終えて、タバコを一本吸ってから、扇風機を強にして足元に風をあてながら寝室で横になると、ノルマは皿に料理を山盛りにして、庭を抜け、ルイスミを起こして、無理やり食べさせた。ルイスミときたら、二の腕さえノルマが片手でつかめそうなほどがりがりで、息を止めなくてもあばらを数えられた。正直なところ、ルイスミはやせっぽちで、ひどく醜かった。頬はにきびだらけで、歯並びは悪く、黒人特有の鼻をしていて、ラ・マトサの住人がみなそうであるように、髪は硬くて縮れていた。だからだろうか、彼がうれしそうにしていると、ノルマは心がなごんだ。たとえば、彼女のつまらない話でルイスミがほほえんで、その目に一瞬、陽気な灯がともり、いつもの寂しい影が消えて、ビジャの公園で彼女に話しかけてきたときの若者に戻ると。あのとき彼女はお腹がぺこぺこで喉が渇きお金もなく、ベンチに座って泣いていた。

シウダー・デル・バジェから乗ってきたバスの運転手にゆり起こされ、何キロも何キロもサトウキビしかない畑の真ん中にあるガソリンスタンドで降ろされて、顔も腕も日焼けでほてり、ガソリンスタンドから町まで、畑道を歩いて足は熱くむくんでいた。ルイスミが近づいてきて、どうして泣いているのかとたずねてきたとき、ノルマは、道を渡ったところにある小さなホテル――壁に、血のように真っ赤なぴかぴかのペンキで「ホテルマルベージャ」という看板がかかっていた――に行き、一回だけ電話をかけさせてくれとフロントで頼みこんで、シウダー・デル・バジェにいる母に連絡をとり、どこにいるのか、なぜ逃げたのかを言ってしまいそうになっていた。何もかも話したら、母親はきっと怒鳴りまくって電話を切るだろうから、そうなったらまた幹線道路まで歩いて出て、ヒッチハイクをしてプエルトまで乗せてもらい、もともとの計画を実行するつもりだった。もちろん運がよければ、プエルトまで行かずにすむかもしれない。それほど遠くないところに海があって、どこかの岩場から海に身を投げられるかもしれない。それに、バスを降りたあとで追いかけてきた、ピックアップの男たちが公園の向こう側に現れていた。ノルマがホテルに向かって駆けていこうとベンチから立ち上がりかけたとき、ライオンのような髪をした若者がほほえみながら近づいてきて隣に腰掛け、どうしたのか、どうして泣いているのかとたずねたのだった。さっきまで、少し離れたベンチに座って仲間とふざけたりマリファナを吸ったりしながらちらちらとこちらを見ていたやせっぽちの若者だった。見ると、目が黒かった。にきび面で鼻が低く、唇の分厚い醜い顔に、真っ黒だがやさしい目のまわりの長いまつげが、どこか夢見るような表情を与えていた。ノルマは嘘をつくのは気がひけたが、本当のことを言う勇気もなく、喉が渇いてお腹がぺこぺこだし、道に迷って一ペソも持ち合わせがないし、すごくいけないことをして家に帰れないから泣いているのだと、あたりさわりのないことだけを話した。その日の午後、運賃が足りないと言って、バスの運転手に道端で降ろされるまで、プエルトに行くつもりだったことは話さなかった。プエルトは、ノルマがまだ小さかった頃、弟たちが一人も生まれていなくて、彼女が三、四歳で、計算するとたぶんそのときにはすでに母親のお腹にマノロがいたけれど、そのあとどうなるかなど何もわかっていなかった頃、母親と二人で旅行に行った場所だということも話さなかった。それは、ノルマが母と二人で行ったのを覚えている最後の旅行で、テントからメキシコ湾を眺めて、毎日あたたかい海で海水浴をして、揚げた魚やカニのエンパナダを初めて食べて、なんておいしいのだろうと思った。プエルトに着いたらやろうと思っていたことも、ノルマは話さなかった。母といつか訪れた浜辺をつっきって、町の南にそびえる巨大な岩山のところに行き、てっぺんまでよじのぼって、眼下で逆巻く暗い海に頭から飛びこみ、自分の命も、自分の中で育ち始めている命も、何もかもひと思いに終わらせようと思っていたことも、いっさい話さなかった。ただ、お腹がすいて、ひどく喉が渇いてくたびれはて、怖くてたまらないとだけ言った。だって、この町には知っている人がいないし、ビジャの町に向かって歩いていたら、トラックの男たちに追いかけられて、道路の外の草むらに隠れなくてはならなかったから。荷台にいた男たちが、犬を呼ぶみたいにチッチッと音をたてて、運転していた、カウボーイハットをかぶった金髪にサングラスの男が、大音響でかけていた音楽のボリュームをさげて、〝俺は普通の男のふりをするよ〟、車に乗れ、とノルマに命令して、〝おまえなしでだって、へいきな顔をして〟、でも、ノルマはすごく怖かったので畑に入っていって隠れ、男たちが探すのをあきらめて発進していなくなるまで、ずっとサトウキビの間でうずくまっていたのだと。ちょうど今、あそこにいる人たち、とノルマは言った。公園の向こう側の、教会の隣の居酒屋の外に停められた車を彼女が指差すと、ルイスミは、乱杙歯《らんぐいば》をのぞかせて不安げな笑みを浮かべ、ノルマの手を両手で包みこみ、指差しちゃだめだ、あいつらを指差しちゃいけない、とささやいた。逃げてよかった、あの帽子をかぶった金髪の男は麻薬の売人のクコ・バラバスというやつで、女の子を連れ去っては悪いことをするのだと言い、それから恥じいるように地面に目を落とし、少し震える声で、自分は助けてやる金を今は持っていないが、少し待っていてくれたら、少しならなんとかするから、公園の前の店でトルタ（丸いパンに具をはさんだサンドイッチ）

を食べようとノルマに告げた。それに、もしよかったら、自分の家に泊まったらいい、ただし、自分が住んでいるのはビジャではなくて、十三・五キロ離れたラ・マトサという村だ、もちろん、よかったらだ、だって彼女を助けるため、そのきれいな目を涙でだいなしにしないために、自分はそれしかできないから、でも、もし気が進まないなら断っていい、怒りはしないから……、ただ、何があっても、クコの車には乗らないと約束してくれ、だって、あの金髪は、女の子に悪いことをする、ここで言えないくらいひどいことをする、札つきの最低のゲス野郎だから、とにかく肝心なのは絶対に何があってもあの車に乗らないことだ、警察に助けを求めてもいけない、親玉は同じで、どっちもどっちだからと。そこでノルマは、感謝に目をうるませて、言われたとおりにする、待っていると、からからの喉で約束し、ルイスミが金をつくりに去っていくと、そろえた膝に手を乗せ、目を半分閉じて、唇をきゅっと結んでそこに座って待ち続けた。祈っているかに見えたが、実は心の奥から湧いてくる、自分を叱りつける声を聞くまいとしていたのだった。知りもしない男を信用するなんてどうかしている、あの若者はあんなふうにして嘘の約束と甘い言葉で自分を騙して、つけいろうとしているに決まっている、男はみんなそうだ、口ばっかりで、何もしない、しょうもないごろつきだ、と内なる声はわめきたてた。だが、ルイスミは約束を守った。ルイスミは、心の声が間違っているのを証明した。二時間かかったけれど、あたりがもう薄暗くなって、マリファナの売人しか公園にいなくなった頃に戻ってきて、手に入れた金をノルマに見せ、公園の前のトルタ屋に連れていって食べさせ、それからノルマの手を引いて、くねくねした道や、いぶかしそうにこちらを見ている雑種犬の群れがうろつく、埃だらけの静まり返った道を歩いていった。さらに、まだ緑の実がたわわになっている広大なマンゴー園を抜け、暗闇に覆われてまったく見えない川にかかった長い吊り橋を渡り、ざわざわと音を立てる牧草の間を走る田舎道にたどりついた。その時分にはとっぷりと日が暮れて、ノルマは自分のつま先さえ見えなかった。真っ暗闇のなかで、のぼったりおりたり、広くなったり狭くなったりする道を、どうしてルイスミが見分けられるのか不思議だった。今にも道がなくなって、崖の下にころげおちそうで、ノルマはルイスミの手を握りしめ、数メートルごとに、そんなに速く歩かないでと頼んだ。羽虫の群れがジージーとおそろしげな音を立てて飛びかうあたりにさしかかったとき、ルイスミはノルマの肩を抱いて、小声で歌い始めた。きれいな声だった。少年のような体つきからは想像もつかない、りっぱな男の声。自分たちを飲みこみそうなまがまがしい暗闇の中で、その歌は、ノルマのざわついた心を、まめだらけの痛む足を、その若者から離れろ、プエルトに行く道路に戻れ、予定どおり崖にのぼって海に身を投げて粉々になり、すべてを終わらせろ、と命じ続ける内なる声にかきみだされた心を慰めた。そして、だいぶ歩いてから、雑草だらけの道は村落のようなものに出た。舗装道路もなく、公園もなく、教会もない、わびしい裸電球に照らされた一握りの家があるだけの集落だった。窪地におりていくと、やはりポーチに裸電球が一つ吊ってあるだけの、レンガ造りの小さな家があった。だがルイスミは、その家には入らずノックもせずに、敷地の奥までノルマを連れていった。そこには、彼が自分で建てたと誇っている板張りの離れがあった。くたびれきっていたノルマには、この上ない避難場所に思え、ルイスミに促されるのも待たずにマットに倒れこみ、身の上話を、というよりも、自分のことのうちの恥ずかしくない部分だけを小声で話し始めた。彼は隣に横になって耳を傾けたが、ノルマの顔と手以外の場所は決して触ろうとしなかったし、一緒にベッドに入るたびにペペが求めるように、仰向けになって脚を開けとも、ひざまずいてペニスを舐めろとも言わなかった。ペニスをしゃぶって、とペペは言った。タマをしゃぶって。もっと強く、うれしそうに。そうそう、もっと深くくわえて。うれしいくせに、そんな嫌そうな顔するなよ。そんなことはない、ノルマはちっともうれしくなかったが、ペペにそう言われると言い返せなかった。だって、本当に最初はうれしかったから。最初は彼女だって、ペペのことをすごくかっこいいと思っていたし、母が彼を家に連れてきて、これから一緒に暮らすのだ、ノルマと弟たちの継父になるのだと告げたとき、喜びさえしたから。ペペが来てから、いろんなことがよくなって、弟たちに前ほど困らせられなくなったし、母が、自分には誰もいないからもう死にたいとわめいてバスルームにこもったり、ノルマたちを家に閉じ込めて、夜になって飲み歩きにいったりすることもなくなった。だが、ノルマはペペのことをルイスミに話すつもりはなかった。ペペのことも、自分たちがしてきたことも考えたくなかった。正直に話したなら、自分がどんなにおぞましい人間か知られて、ルイスミは自分を助けたことを後悔するだろう、家から追い出して、暗闇の中にほうりだすだろう、と思ったからだ。ただシウダー・デル・バジェのこと、そこがどんなに醜く、寒く、うら寂しい場所かということや、母親と母親の夫と弟や妹たちと暮らしていたこと、弟たちのせいで自分は何もできず、しじゅう母親に叱られていたことだけを話した。それにボーイフレンドがいるという作り話もした。同じ中学の子だが、一年生ではなく三年生。すごくかっこいい、髪を長くしてダメージジーンズをはいている、反抗的でちょっと不良っぽい男の子で、家族がやっきになって彼女と引きはなそうとしていたと。すべては、その時までキスをしたことがあるのは、母の夫であるペペだけだということを、ルイスミに打ち明けたくない一心でのことだった。ノルマが十二歳、ペペが二十九歳のときだった。ソファーに丸まって毛布をかぶり、テレビで映画を見ているときに、ペペに、きみはこれまで誰ともキスをしたことがないだろうとからかわれて、ノルマはただふざけて、何も考えず、彼の顔を両手ではさんで、大きな湿った音をたてて思い切りキスをしたのだった。当時まだちょぼちょぼとしか生えていなかった、のばしかけの口ひげに唇が当たって、ペペが声をあげて笑い、おかえしにこちょこちょとノルマをくすぐったので、弟たちが駆けよってきた。ペペはよくそんなふうにからかって、ノルマが困惑するのを見て楽しんだ。彼女が座ろうとしているところに手のひらを上に向けておき、お尻をつついて素知らぬ顔をしてみせるといったことも、最初のうちは楽しかった。テレビアニメを見るとき、ペペがいつでもノルマの横に座りたがり、母親がいないときや、弟たちが外で近所の子たちと遊んでいるときだけだったが、彼女の肩に腕をまわして、背中や肩や髪を撫でてくると、かわいがられていると思えたから。画面を見ながらしていることがばれないよう、ペペはいつでも毛布の下でノルマの肌をまさぐり、彼女の体の輪郭をなぞり、まだ子どもは彼女しかいなくて、母親の注意や愛情をひこうと誰とも争う必要のなかった、一番よかった頃の母親さえしたことのないような仕方で愛撫した。実際くすぐりはくすぐりだけで終わらず、愛撫されると、彼女は震え、体の中が濡れてきて、恥ずかしいため息がもれ、あえいでしまうこともあった。声がもれるとノルマは、弟に聞かれたり、母親に気づかれたりしないように、ごまかそうとし、ペペが——薄目になって、重たくかすれた声をたてて息をしていたので、彼女に腹を立てていたのだろう——体を離し、彼女が喜んでいると知りつつ手を放してしまわないように、テレビの画面を眺めてゆかいな場面で笑い、何も感じていないふりをした。そのうちペペも飽きて、ソファーから立ち上がってトイレにこもり、戻ってくると手のひらをノルマの鼻先に近づけて、排尿の後で手に残った臭いを嗅がせ、ノルマはおもしろいことをされたかのようにまた笑った。ペペはふざけているだけ、ノルマに愛情を感じていることを、弟や妹や数か月前に生まれたペペの子のペピートより、ノルマをかわいく思っていることを示そうとしているだけと思っていた。夜になって、みんなが寝静まったのをみはからって、ペペと母が、特に自分について話していると、ノルマは耳をそばだてた。母が、ノルマの体があまりに早熟だ、このところようすがおかしい、ペペが彼女にかまいすぎると不安がると、ペペは、バカだな、自分はただ父親を知らないかわいそうな子に愛情をかけてやっているだけじゃないかと言い、それに彼の純粋で誠実な愛情をあの子が勘違いして、へんな気があると思うのも無理はない、かわいそうに思春期でホルモンが不安定だから、愛されていると勝手に妄想するのだろう、それはあの子がまだ子どもで、小さな胸に芽生えたときめきをうまく表現できないだけのことだ、とペペは続けた。ペペは弁が立った。高校も卒業していないとは思えないほど、ときには大学や大学院で法律かジャーナリズムを学んだ人のように、いつでもどんなことにももっともらしくこたえ、みなが知らない言葉を使って説明してみせた。ノルマの母は、そんなふうに言われると感心してひきさがったが、翌朝、仕事に行く前にはもういつもの小言が始まり、ノルマに、家にいて弟たちを学校に送っていき、昼食の支度をするように命じた。ノルマ、あんたはもう子どもじゃなくてりっぱな大人なんだから、しっかり家で責任を果たして、弟たちのお手本になるんだよ。いつも男の尻を追い回しているテレのような子たちと遊んだり、不良が出入りするビリヤード場に入ったりするのを見たと人から言われたら、どうなっても知らないからね。あそこで何をやっているか知らないほど、ママはとんまじゃないよ。あそこにいるのは、何でもやらせてくれるおバカな女の子をつかまえることしか頭にないごろつきばかりだよ。女の子は好きにもてあそばれて、「日曜は七」になって、ぽいっと棄てられるんだ。ノルマは首を振って、ママ、あんなところにあたしは行かないよ、安心して、心配ないから、あたしは学校からいつもまっすぐ帰ってきてるよ、と言い返したが、あとから一人になって思い返すと、「日曜は七」とはどういうことかも、友だちや角のビリヤード場と何の関係があるのかも、何でもやらせるとはどういうことなのかも、さっぱりわからなかった。その頃ペペはいつでも、無理やりノルマの中に指をつっこみたがり、ひりひりしても後からお腹が痛んでも、指を奥の奥まで入れたがるようになっていた。ある日の午後、お腹がにぶく痛んで学校のトイレに入り、便器に腰かけてみると、ショーツが血だらけになっていて、しかも、その黒っぽいどろどろした血が、このところペペがしきりに指を入れていた穴から出ているのに気づき、ノルマは眠れないほど怖くなった。とうとう起きてしまった、母親があれほど口をすっぱくしていさめていたことが、とうとう起きてしまったのだと思って震えあがった。自分の人生も家族の人生も台無しにする「日曜は七」。ペペが股間に指を入れるのを許して、しかも自分でもいつも触り続けていたからバチがあたったのだ。夜、弟たちが隣でぐっすりと寝入り、誰にも見られも聞かれもしていないとき、ペペと母親がベッドをきしらせるのに夢中で、彼女のことを気にとめそうにないとき、ノルマはペペや、ペペの指や舌を思いうかべながら、あそこの穴をいじった。だから、その血のことは誰にも言わないことにした。知られたら、ノルマが何をしているか、母が働いているあいだに、ペペが自分に何をしているか、母に気づかれてしまうだろう。「日曜は七」になった愚かな娘たちがどうなるか、母にいつも話してきかされていたから、家を追い出されるのではと怖くなった。女が気を許せば、男は何だってすると知りながら、男に好きにさせ、自分を大事にしなかったふしだらな娘たちは、よるべのないまま路上に放り出され、一人でどうにかするしかなくなるのだ。実際、ノルマはその頃には、継父にあまりにも多くを許してしまっていた。しかもノルマは、そういうことをやってほしくてたまらなくなっていた。ペペがやりたがることを、ペペが耳元でつぶやくことを、学校の男子がトイレの壁に絵や文字で落書きしていることを、通りすがりの男が道で囁きかけてくることを、ノルマは、ペペでも学校の男子でも見知らぬ男でも誰でもいいからやってほしいと本気で思っていた。そうすれば、あの苦しくてたまらない空虚感を感じなくてすむから。ここ数か月、明け方、母の目覚ましが鳴る前、始発のバスがシウダー・デル・バジェの朝の凍てつく鉛色の空気に排気ガスを撒きちらすより前にしてきたように、枕に顔を埋めて声を殺して泣かずにすむから。恥ずかしくて誰にも知られないようにひた隠しにしてきた、自分でもよくわからない、心の奥底から湧きあがる無言の叫びを忘れられるから。この年になって、まるで子どもみたいに、わけもなく泣くなんてどうかしている。だって、母はいつも繰り返し言っていた。もう子どもじゃないんだから、もう大人なんだから、ちゃんとして弟たちのお手本になるんだよと。学校の勉強を怠けるんじゃないよ。午後、ルシータさんにペピートの面倒を見てもらうお金を、どれだけ苦労して工面しているかわかってる？　あんたが勉強して、それなりの人生を送れるように、ママとペペがどんなにがんばってると思ってるの。鏡を見なさい。だからね、あんたにはママがおかした過ちを繰り返してほしくないの。過ちというのが何のことなのか、ノルマはすぐにはわからなかったが、やがて理解した。それは彼女と弟や妹のことだった。特に、五人、いや、天国にいるかわいそうなパトリシオを入れたら六人兄弟の一番上の彼女のこと。母がおかした六つの過ちとは、男をひきとめようという一心で母が産んだ子どものことだった。相手は、子どもを認知するつもりもなかったというのに。ノルマにとってそういう男たちは、すけすけのストッキングにハイヒールをはいて飲みに出かけた母を包みこむ影でしかなかった。ノルマはハイヒールをはいてみたかったが、母は絶対にはかせてくれなかった。一度、ナタリアと一緒にハイヒールをはいて踵をカツカツ鳴らして、壁にかかった鏡のかけらの前でメイクをして遊んでいるところに、母がいきなり帰ってきて、バカなことはやめなさい、と叱られたことがあった。なんで男に見てもらいたがるの？　手をつっこんでほしいから？　あんたは一方の耳から入ったことが、もう一方の耳からぬけてるんじゃないの？　なんでママの過ちから学ばないの、ノルマ。顔を洗って、化粧を落としなさい。そんなかっこうで外に出てるのを見つけたり、ママのドレスを着て、口紅をつけてるのを見たって近所の人から言われたりしたら、ただじゃおかないからね。ノルマはうなずいて、ごめんなさいと母にあやまり、家から追い出されないように、悪夢が現実にならないようにと、血のついたショーツをこそこそと洗った。だがある日、自分がずっと間違っていたことに気づいた。「日曜は七」とは、服を汚す血のことではなく、その血が出なくなることを言うのだとわかったのだ。その日、学校からの帰り道でノルマは、表紙が破れた『あらゆる年齢の子どものためのおとぎ話』という小さな本を拾った。何気なしに開いたページで最初に目にとびこんできたのは、コウモリの翼をつけた魔女たちが、おびえて泣いているおじいさんの背中のこぶにナイフを突き立てている白黒の絵だった。もう時間が遅くて雨が降り出しそうだったし、家に帰ったら台所のかたづけをして、母が帰るまで弟たちの面倒をみなければならなかったが、ノルマはその不気味な絵にひかれて、そのままバス停でその話を読み始めた。家では本を読むひまなどなかった。弟たちが騒ぐし、テレビはつけっぱなしだし、母が怒鳴るし、ぺぺがちょっかいをだしてくるし、昼ごはんを作るのに使った鍋を洗ったら宿題をしなければならないし、読めるわけがない。だから、ノルマは、ジャンパーのフードを頭からかぶり、しゃがんでスカートの中に脚をすっこめて、二人のこぶじいさんの話、その話はそういうタイトルだった、を読んでしまうことにした。とある午後、背中にこぶのあるおじいさんが家の近くの森で道に迷った。その森では、魔女たちが集会を開いて悪だくみをすると言われていたので、おじいさんは怖くなって懸命に家に帰る道を探したけれども見つからず、そのうち夜になると、遠くに焚き火が見えた。野宿をする人だろうか、やれやれ助かったとおじいさんが行ってみると、なんと、その巨大な焚き火が明るく照らす場所で行われていたのは魔女の集会だった。手のかわりに鉤爪があり、背中にコウモリの翼がついた、年をとった恐ろしい魔女たちが、大きな火のまわりでまがまがしいダンスを踊りながら歌っていた。〝月曜、火曜、水曜は三、月曜、火曜、水曜は三〟。そして、けたたましい声で笑い、満月に向かって吠えている。おじいさんはどうにか魔女たちに見られずに、近くの大きな岩の後ろに隠れると、魔女たちが繰り返し歌うのを聞いていたが、いてもたってもいられなくなって、　魔女たちがまた、〝月曜、火曜、水曜は三〟と歌うと、大きく息を吸い込んで、隠れていた岩の上に立ちあがり、ありったけの力をこめて、〝木曜、金曜、土曜は六〟と叫んだ。その声は、思いがけず大きくあたりに響きわたって、それを聞いた魔女たちは、凶暴な顔に恐ろしげな影を投げかける焚き火のまわりで棒立ちになり、次の瞬間、今叫んだ人間を探しだせ、と騒ぎながら、木々の間をてんでに駆けまわり始めた。かわいそうにおじいさんは岩陰にうずくまって、自分はどうなるのだろうと震えだした。ところが、魔女たちはとうとうおじいさんを見つけても、恐れていたように、おじいさんをカエルや芋虫に変えもしなければ、食いもせず、みなでおじいさんを押さえつけると、魔法の呪文を唱えて巨大なナイフをとりだし、そのナイフでおじいさんのこぶを切り落とした。一滴の血も流れなかったし、痛くもかゆくもなかった。魔女たちは、いささか単調になっていた自分たちの歌をおじいさんがよくしてくれたのを喜んでいたのだった。おじいさんはこぶがなくなって背中が平らになったおかげで、腰を曲げて歩かずにすむようになり、とびあがらんばかりに喜んだ。そればかりか、魔女たちは金《きん》がどっさり入った鍋をくれて、あの歌をあんなによくしてくれてありがとうと言って、集会を再開する前に、呪われた森から抜けだす道を教えてくれた。そこでおじいさんは急いで家に帰り、やはり背中にこぶがある隣のおじいさんにその話をして、すっきりした背中と魔女からもらった贈り物を見せた。意地が悪くねたみ深い隣のおじいさんは、自分のほうが頭がいいし偉いのだから、ほうびをもらうべきなのは自分だ、あんなじいさんに宝物をやるなんて、魔女たちはどうかしていると思って、自分も同じことをしてやろうと心に決め、次の金曜日の晩になると、そのバカな魔女たちの集会を見つけようと森に入っていった。暗闇の中を何時間か歩くうちに、やはり道がわからなくなり、恐怖と絶望におそわれて、木の下にしゃがみこんで泣きだしかけたとき、遠く、森の一番深くて暗いあたりに、とうとう焚き火が見えた。焚き火のまわりでは魔女たちが踊り、〝月曜、火曜、水曜は三、木曜、金曜、土曜は六、月曜、火曜、水曜は三、木曜、金曜、土曜は六〟、と歌っていた。そこでねたみ深い隣のおじいさんはそちらに駆けていき、あの大きな岩の後ろに隠れた。

〝月曜、火曜、水曜は三、木曜、金曜、土曜は六〟、と魔女たちが歌うと、実はそれほど賢くないのに、自分では隣のおじいさんより頭がいいと思っているあわれなおじいさんは、口を大きくあけて思い切り空気を吸いこむと、声がよく響くように口の両側に手をあてて、

〝日曜は七！〟と、声をはりあげた。それを聞くと魔女たちは驚いて、踊りの途中で動きを止めた。そこで、まぬけなおじいさんは、魔女たちがやってきてこぶをとり、隣のおじいさんよりももっとたくさんの金が入った鍋をくれるのを期待して隠れ場所から飛びだし、

魔女たちの前でぱっと両腕を広げたが、そのとたん、魔女たちがかんかんに怒っているのに気づいた。魔女たちは、猛りたった獣のように唸り声をあげ、尖った爪で互いの胸をえぐり、頬をひっかき、頭にはえた剛毛をひっぱりあって、日曜日などと言ったのは誰だ、私たちの歌を台無しにした阿呆は誰だと叫び、そこではっと、おじいさんがいるのに気づいて駆けよると、呪文を唱えて、隣のおじいさんからとったこぶをとりだし、不届な行いと欲張りへの罰として、そのこぶをおじいさんのお腹につけ、金ではなくイボの入った鍋を出してきた。イボは鍋の中でぴょんぴょんはね、おじいさんの体にひっついたので、あわれなおじいさんは二つのこぶを抱えて、顔も体もイボだらけになってとぼとぼと村に帰った。すべては「日曜は七」と言ったせいだと本はしめくくり、お話の最後に、二つのこぶがついて背中がもりあがり、妊娠しているようにお腹のふくらんだ、ねたみ深いおじいさんの絵があった。「日曜は七」を、毎月下着をよごす血だと思っていたとは、なんてバカだったのだろう、母が言っていたのはそうじゃなくて、あの血が出なくなったときのことだとノルマが気づいたのはその時だった。日曜は七とは、肌色のストッキングにハイヒールを履いて、母が幾晩も外出したあとで起こったことだ。ある日母のお腹はふくらみだして、どんどんどんどん、もう無理というほど大きくなって、新しい赤ん坊が、新しい弟が、母にというより、特にノルマにやっかいごとをもたらす新たな過ちが押し出された。

睡眠不足、疲労、臭いオムツ、ゲロのついた服の山、いつはてるとも知れない泣き声。食べるものをほしがって泣きたてる、もう一つの口。母がくたくたになってお腹をすかせていらだち、一番下の弟のように汚れて仕事から帰るまで、彼女がお守りをして、しつけなければならないもう一つの体。しかも母は、ノルマが食べさせたりなでたりなだめたりしなければならないもう一人の子ども同然だった。一日じゅうミシンの前で同じ動きを繰り返すせいで、筋肉がぱんぱんにはってタコができた母の脚に、ノルマはベビーオイルを塗ってさすったりマッサージしたりし、何よりまずは、母の話を聞いてあげなければならなかった。繰り言や愚痴やいつも同じお説教を聞かされれば、うなずき、母の言うとおりだとこたえ、母が泣いていれば、口元に笑みを浮かべて母の目を見て額にキスをし、背中をとんとんと叩いてあげる。ノルマに気持ちをぶつけ、心にのしかかっている悩みを吐き出したなら、母はあとからトイレにこもって死にたいと泣きわめいたり、男の愛情や愛撫を求めて外に出かけていって、べろべろに酔っ払ったり、どれもこれも似たりよったりのバカな男に傷つけられたりせずにすむだろうから。男はあてにならないからね。男は月でも星でもとってくれたかと思うと、じきに汚れた布団みたいに女を棄てるんだ。ノルマ、あんたはバカな女になるんじゃないよ。男なんて信じちゃだめ。かわいがってもらおうなんて期待しなさんな。男はどいつもこいつもろくでなしだから、抜け目なくならなくちゃ。

気を許せばいくらでもつけいってくるからね。毅然として、男より賢くなるんだ。誠実で働きもので約束を守るペペみたいないい男が現れるまで自分を大事にしな。日曜は七になって棄てられるなんて、もってのほかだよ。ノルマはうなずき、はい、そうします、男の言うことは信じません、女を破滅させるひどい男の言うなりになんかなりません、と言った。だが、ペペとああいうことをして、あんなに気持ちよくなるなんて、自分の中にはすごく邪悪なもの、腐ってけがれたものがあるに違いないと思うと怖くなって、明け方ベッドの中で声をひそめて涙を流した。母が朝、仕事に出た直後に、夜勤明けのペペが工場から帰ってくる日、ペペは台所に入ってくると家事をしているノルマの手を止めさせ、母と彼が寝るのに使っている大きなベッドの足元に彼女を連れていき、シャワーも浴びさせずに裸にして、嫌な予感と寒さに震える彼女を凍るように冷たいシーツの上に押し倒し、裸でおおいかぶさってきて、筋肉質の胸をぐいぐい押しつけ、荒々しい欲望とともに口をキスでふさいだ。ノルマは、心地よさと同時に嫌悪をおぼえたが、何も考えないようにした。ペペがおっぱいをつかみ唇で吸うあいだ、何も考えないこと。テレビを見ながら、かけた毛布の下でペペが、つばをつけた指で開いた穴にペニスをつっこんで、さらに大きく広げていくときも、何も考えないこと。ペペがまだいなかったとき、そこにはおしっこが出る襞と、うんこが出る穴しかなかったのに、どうやって、どんな技を使ったのかわからないけれど、ペペはそこにもう一つの穴をあけた。ペペのごつごつした指と舌の先で、時間をかけてこじあけられた穴は、彼のペニスがすっかり入り、奥に届くほど大きくなった。そうでなくちゃ。ごほうびだよ、ノルマ。ずっとこんなふうにしてほしかったんだろう、な？　と、ペペは言った。だって、ノルマがキスをしたのだ。それこそ、彼女のほうから求めたというまぎれもない証拠だろう。彼女が目で訴えて、彼を誘惑したのだ。彼女がベッドでみだらに体を動かし、彼のミルクを受けとめたい一心でとり憑かれたように、固くなった彼のペニスを自分の体に突きたてさせたのだ。彼の腕に抱かれた彼女はふくよかでぴちぴちと柔らかく、だから中に入るとすぐいった。もともと、子どもの頃から色情の激しさは見てとれたのだ。歩くときのお尻の振り方といい、小さいときからセックスマシーンの萌芽が見えていた。彼を見る目つきといい、彼にいつでもまとわりついて、彼がエクササイズをするのや、シャワーを浴びようと服を脱ぐのを、にやにやと盗み見するようすといい、あれは子どもの笑みではなく、淫乱な女、彼の女、遅かれ早かれ、彼のものになる女の笑みだった。もっともまずは育ててやらなければならなかった、そうだろう？　教育し、教えこみ、痛がらないように少しずつ慣らしていった。彼は彼女が求めるものを与えただけだった。やさしく愛撫し、彼が毎日触るうちに膨らみ始めたおっぱいをもんでやることもそうだった。せっせと吸ってやって乳首は大きくなり、小さな鐘か牡蠣のような部分をこすって、好きになめてやるうちに濡れていき、痛みを与えずにペニスは自然に入った。というよりも、入れて欲しがったのはノルマのほうなのだ。彼女の体が求めたのだ。だって、ノルマ、きみが欲しがらないのに、僕のペニスが入るわけがないだろう？　僕のすることが嫌なら、そんなに濡れるわけがないじゃないか。継父にそんなふうに耳元で囁きかけられると、ノルマは唇を噛んで、できる限り激しく腰を動かし続けようとした。動かすほどに、ペペは早くいき、そうすれば彼女は彼の腕の下にうずくまることができた。そしてペペは、彼女の体を抱いて静かに揺すり、抜いたペニスをおいた恥毛の生え際にキスした。ノルマはいつもその時を待っていた。目を閉じて、自分の裸の体をペペの体にぴったりつけている、そのほんのわずかの間だけ、自分の中に、邪悪で恐ろしいものがあることを忘れられたから。だって、これは母への裏切りだ。なのに、曲がりなりにも自分を育ててくれている母を裏切ることになるとわかりながら、ペペにそんなふうに触られたい、乱暴に抱きよせられたい、いつまでもペペの腕に抱かれていたいとノルマは思ってしまうのだ。そして、最後にはいつも自分自身への嫌悪、どうしようもない憎悪を覚えた。そばにいてくれる男性、子どもの父親になってくれる男性、土曜の夜にベッドのスプリングを共にきしませる相手と母が幸せになる最後のチャンスを、自分は潰そうとしているのだ。吐き気と悦びと恥ずかしさと痛みの中で、どうしてこんなことが起きたのか、どうして妊娠してしまったのか、とノルマは思い悩んだ。だって、彼女はペペがわかっていると思っていたのだ。ペペはいつでも彼女がいつ生理かを気をつけていたから、どうすべきか心得ているのだと。出血している期間をいつも気にかけていて、いつなら入れてもよくて、いつならだめか、わかっているはずだったし、いつでも好きなときに中でいけるようにと、薬をくれていた時期もあった。母に見つかるのをおそれて、そのうちくれなくなったけれど。いつからか、ノルマは気持ちが沈んで、体が冷えるようになった。母にコーヒーをいれ、工場に持っていくお弁当をつくるために毎朝五時に起きるのが辛くなった。学校では眠くてあくびばかり出て、寒くてたまらず、いつでもお腹がすいていた。だというのに、何もおいしくなくて、食べたいのはパンだけだった。パンなら、甘いのでもしょっぱいのでも堅くなったのでもカビがはえたのでもかまわなかった。いつでもパンを食べたくて、ほかの物は、たとえば煮たトマトの匂いをかぐと吐きそうになった。バスの中で体が接した人の体臭や、弟妹たちの匂いにも吐き気を覚えた。特に、寝るときにいつもくっついてくる、まだ小さくてお尻をうまく拭けないグスタボのうんこ臭い汗の臭いが鼻について眠れず、彼をベッドから蹴りだして、汚いね、なんでちゃんとお尻を拭けないの、と髪をひっぱりたくなった。いつかおまえなんか、家から追いだしてやる。道に迷って、さらわれたらいい。人さらいにさらってもらえるように、髪をひっつかんでみんな追い出してやろう。ノルマと母親が二人だけで暮らしていた頃に、母が日払いで借りた、シウダー・デル・バジェのキッチンさえない部屋に来る前に戻れたらいいのに。あの頃、ノルマたちは食パンとバナナとコンデンスミルクしか食べていなかったのに、母はどんどん、どんどん太っていって、しまいにかがんで靴紐を結ぶこともできなくなり、ある朝、寒くて目が覚めると、ノルマは部屋にひとりとり残されていた。母はどこに行くとも告げずに、鍵をかけた部屋にノルマを閉じこめていなくなり、彼女には何日にも思えるあいだ、どんなに泣いても帰ってこなくて、結局ようやく二日後、真っ青な顔をして目にくまをつくって帰宅したときには、腕に何かをかかえていた。弟のマノロだった。母のおっぱいにかじりついて生きている、しわくちゃでやかましい生き物は、母が仕事を探しに出かけ、ノルマが家でお守りをしているあいだじゅう、ベーベーと泣き続けた。マノロの次はナタリアが来て、ナタリアの次はグスタボ、それからパトリシオ、そう、あのかわいそうなパトリシオが来た。借りていた部屋は、赤ん坊が増えるごとにますます寒く、じめじめして、母親はほとんどいつも家にいなくなった。母は、やっとジャケットの縫製工場の仕事を見つけたが、お金が足りないので、ときどき二回続けてシフトに入っていたからだ。母が仕事から帰ってきたとき、弟たちがあれをした、これをしたとノルマが訴えると、母がしょんぼりして、靴を履いて、酒を飲ませてくれる人を探しに出ていってしまうのがわかってきて、母にそばにいてほしかったノルマは、そういうことを話さなくなった。期待にこたえて、自分が母を助けていかなければと思っていた。ノルマなしに、あんな泣いてばかりのチビたちに一人で囲まれていたら、頭がおかしくなってしまう、母はいつもそう言っていた。ノルマがいないと生きていけない、ノルマに手伝ってもらえなかったらやっていけないと。だから、ノルマがたるんでいると見るや、おまえはこっちの耳から入ったことがあっちの耳に抜けていくんだね、注意したことひとつも覚えてやしない、と母は憤った。ここのところ、学校から帰るのがずいぶん遅いね、あんたの場所はこの家だよ、ノルマ、こんな時間まで、どこをほっつき歩いてたの？　なんでそんな遅いの？　道で本を読んでたって？　ママの目は節穴だとでも思ってるの？　男の子といちゃついていたんでしょ？　弟たちをほったらかしにして恥ずかしくないの？　赤点をとってばかりで悪いと思わないの？　目にくまをつくって、クジラみたいなお腹をして、虫がわいているんじゃない？　弟たちのパンまで食べて、おやつはどうするつもり？　恥ずかしげもなく、ほんとに、どうしようもないね。すると、ペペがかばった。もういいじゃないか、何がいけないんだい？　だって、この不良娘ときたら、ふらふら男の尻を追い回して、日曜は七になったらどうするの？　ね、そうでしょ？　騒ぐことはないよ、そのときはそのときさ、家族なんだから助け合って、みんなで力を合わせていけばいい、ペペはそう言うと、母の目を盗んで、ノルマにウィンクまでしてみせた。ノルマに子どもができたら、僕の苗字をつけて、みんなで世話すりゃいいよ。母が言った。同級生の不良たちといちゃいちゃしてるのを見つけたら、家から出てってもらうからね、わかった？　あんたがそんなことするために、ペペもママも身を粉にして働いてるわけじゃないんだから。ノルマは唇を噛み、何も言うまいと言葉をのみこんだ。ほんとうのことを言うくらいなら、自分とペペがそこのベッドでしたことを明かすくらいなら、舌をひっこ抜いてしまうほうがいい。あんなことを聞いたら、母はどうかなってしまうだろう。いや、ノルマがそれよりもっと恐れているのは、母に信じてもらえないことだった。ノルマが真実を話したとしても、ペペにそんなのはみんなでたらめだと言われたらどうなるだろう。あるいは、信じたとしても、それでもペペといたくて、あんたは勝手にしなさいと追い出されたら？　一番いいのは、いっそ家出することかもしれない。こっそりとシウダー・デル・バジェを出て、五月になっても夜明けには骨までしみる寒さから逃れて、プエルトに行こう。母と一緒に夏休みを過ごしたあの時に戻り、崖に登って、体の中で育ちつつある命もろとも海にとびこもう。どこに行ったか、母には絶対にわからないだろう。男と逃げたのだと思って腹を立てて、探そうともしないかもしれない。あんなにいい子だったのに、あんなに手伝ってくれたのに、ノルマがいないと家はなんて寂しいのだろうなどと、夜、涙を流すわけがない。ならば、母がノルマを必要としなくならないうちに死んでしまうほうがいい。そこで、口ではっきり言ったわけではなかったが、ラ・マトサに来て三週間たって、ルイスミがいとおしそうに彼女のお腹を見始めたとき、ノルマはチャベラにお願いしますと言ったのだった。ルイスミとはそんなあんばいで、ずっとほとんど話をしなかった。正午をまわって、離れの中が地獄のように暑くなって日を覚まし、川で汗を流してから、彼はノルマが何かしら作ったものを、うまいともまずいとも言わずに食べた。チャベラの金で手に入れた材料で作っているとわかっていたからだ。母は工場に行く前に毎日お金をくれたが、ルイスミはノルマにお金を渡してくれなかった。雨露をしのぐ屋根と、時おり彼女が求めたとき、明け方に萎えたペニスを差し出してくれるだけだった。ノルマは、善意にこたえるためというよりも自分の欲求から、彼の体にのって、たいがいすえたビールか知らない唾の臭いがする、半開きの口にキスをした。彼は決して拒絶しなかったが、かといって彼女の唇を求めることはなく、ただ彼女のお腹にそっとキスするだけだった。お腹の中で大きくなりつつあるもののことをルイスミがどう思っているのかはわからなかった。同じ中学の男の子に誘惑されたという作り話を前にしていたが、それでも、自分の子ではという幻想をいだいているのだろうか。昼すぎに目を覚まし、近くの樹上に巣をかけたクロムクドリモドキやカササギの鳴き声をぼんやり聞きながら、ぼさぼさの頭で口を半開きにしてマットに座って、無慈悲な太陽に焼かれて亀裂の入った地面を長いこと見つめているとき、ルイスミの頭に何がよぎっているのかは誰にもわからなかった。その姿を見て、何て醜いのだろうとノルマは思った。だが、同時にひどくいとしかった。愛さずにいられないが、理解しがたく、つかみどころがなかった。なぜノルマや人に聞かれると、ビジャの倉庫の警備員をしていると言いたがるのか。ノルマは彼が警備員の制服を着ているところを見たことがなかったし、ビジャに出かける時間はいつもまちまちで、常識的に考えて勤めに出ているとは考えられなかった。いつでも財布はすっからかんなのに、なぜいつもビールの臭いをぷんぷんさせて帰ってくるのか。時には新しい服を着てきたり、何の役にも立たないプレゼントをノルマに持って帰ったりすることもあった。セロハンでくるんだしおれた一輪のバラだとか、厚紙の扇とか、パーティーで配るような、お姫様風のティアラとか、妻にというより、頭の悪い女の子にあげるようなプレゼントだった。ノルマは俺の人生で最高のものだ、こんなに純粋で特別で素直な気持ちは生まれて初めてだなどと、なぜ言うのか。彼女にほとんど触れようともせず、話もしないのに。彼が自分に感じると言っている愛情など、ノルマには、風が吹けばぴゅうっといつでも吹き飛ばされてしまう、たよりないものにしか思えなかった。だから、父親とおんなじ大バカ野郎なのさ、と冷めた料理を刺したフォークをふりまわしながらチャベラは言った。けど、もっとバカなのは、あの子をはらまされるままになってたあたしだよ。

ほんとにバカだよ、考えなしさ。マウリリオの唇とあの歌と、それになんてったってあのペニスにめろめろになっちまってさ。だって出会ったとき、あたしは十四だったんだよ。農場でライムを摘みにビジャに来たばっかでさ。だけど稼いだ金は父親が全部持ってって、酒と闘鶏につぎこんだ。そんなとき、油田とプエルトを結ぶ道路がここにできるってのを知ったのさ。宝の山だ、仕事がどっさりあるぞって言うから、あたしはライムを摘むことしか知らなかったけど、一人で来てみてびっくりさ。だって、マタデピタよりよほどしょぼい村じゃないか。仕事をくれたのは、あの黒人のクソばばあのドニャ・ティナの食堂だけ。あんなあつかましいごうつくばりはほかにいないね。お願いですからどうか給金をくださいって頼んだら、チップをぶんどっているだろうって言いやがってさ、でも、どのチップだよ、蠅もよってこないような店だよ。クソばばあときたら、産んだ子はみんな精霊が宿らせたみたいにすましちゃってさ。店だって土地だって、道路沿いに最初に来たガルナチャ屋（トルティーヤやフリホレスなど軽食を出す店）だとか日雇いだとかにまたがって稼いだ金で買ったくせに。あくどい黒んぼのばばあめ、どこの奥方か聖女かって顔してるけど、二人の娘は母親よりもっと黒いあばずれで、孫娘なんか、何をか言わんやさ。なのに、あたしのことはみんなして目の敵にして、食堂で働き始めたときからこけにして、マウリリオとつきあってるのがばれたらもっとひどくなった。そのうち、あたしがエイズで、トラックの運転手をどんだけ殺したかわからないなんて作り話を広めやがった。あんなの、あたしをねたんだやつらが垂れ流したでたらめさ。なのに、マウリリオときたら腰抜けで、ぜんぜんあたしをかばってくれやしない。あんな男の子どもをつくるなんて、あたしもバカだったよ。妊娠する前、あたしは水もしたたるいい女だったんだよ。今度写真を見せたげる。道端で脚を見せたら道路が渋滞したし、町に行ったらテレビに出してもらえるよ、テレビがだめでも雑誌には出られるってみんなに言われたもんさ。そのくらい美人でモテたんだよ、あの頃は。妊娠する前は稼ぎ放題で、選り好みもできて、客がとだえることはなかったよ。ブラウスをちょっとはだけるか、お尻を見せりゃ、相手のあそこはもう鉄みたいにかちんこちんさ。でも、マウリリオを好きになったのが間違いだった。あれで破滅したのさ。あの人からは金もとらなかった。そのくらいめろめろだったのさ。あっちに口説かれてあたしがその気になったなんてのは嘘っぱちさ。あの人は意気地なしで、自分からは何にもできやしなかったんだから。この売春宿を始めたのはあたしだよ。そういうことは自然とできた。あんたもわかるだろ、クラリータ。しおらしげにしてるけど、好きじゃなきゃ、そういうことにならないもんね。小さいときから、あそこがむずむずすることはなかったかい？　男の子としけこんでいちゃいちゃ、かがんでみ、入れたげるとか、やってたんだろ？　あたしはやったよ。で、父ちゃんは見せてくれないから、空き地でよろしくやってるカップルをこっそり見て、帰ってから真似してみたものさ。男の子たちを遠くに連れだして、茂みのかげで下着をおろして、脚を開いてみんなにやらせてさ。チンコを硬くしてのってこられると、嬉しくて身震いしたよ。あたしとやりたい男たちの行列ができたくらいさ。嘘じゃないよ。そんなふうに熱くなるたちだから、すぐにみごもったんだろうね。マウリリオとやるのは最高だった。ほかの男はだめさ。マウリリオ以外は誰とも楽しめなかった。でも、いい時はいくらも続かなかったんだよ、クラリータ。一緒に暮らしだして六か月たったとき、マウリリオがマタコクイテの男を殺してムショに入れられて、あたしは一人とりのこされちまった。で、飢え死にしないようにせっせと外に出て働いて、マウリリオにお金を届けて、ムショでもやりつづけた。あの頃はよく稼いだよ。マウリリオのバカが恋しかったけど、誰にも邪魔されず時間を奪われず自由に、いくらでも働けた。醜男だろうがデブだろうが呼ばれれば行って、お金を払えば体をあずけた。で、思ったよ、結局男ってのはどいつもこいつも同じだって。望んでることはみんな同じ。チンポを見せてさ、すごい、おっきいね、きもちいいよ、痛くないようにゆっくり入ってって、女に言ってほしいのさ。ただのおべんちゃらだって、内心わかっててもさ。だって、みんなおんなじさ。それとも、違うかい？　それぞれどんなやり方がいいのか、知らないといけないよ。若い子がそっと寄りそってくるのと、名前も知らない臭いでぶの運転手がいきなりぐいぐいくるのとじゃ違うだろ？　最初に一番苦労するのはそこさ。バカな男どもをうまくリードして、「はい、はい」と言うことを聞いておいて、酔っ払いを手なずけるのさ。そのうち体が楽しむようになる。何よりいいことに、年をとるとむらむらしなくなってきて、この商売で本当に金を稼ぐのに必要なのは、いいお尻だけだってわかってくる。自分のお尻じゃなくてさ、何人かの若い子のお尻があればいいんだよ。あんたみたいにぴちぴちしたのをおだてて稼がせるのさ。そしたら商売も本物になる。だからさ、あたしはつまらないことで自分を無駄遣いしないのさ。どうやってこの体を保ってると思う？　年とったらしわのひとつも出てくるけど、見て、このお尻。まだまだりっぱなもんだろう？　お腹だってぜんぜんたるんでない。若い子みたいにひきしまってる。今は気に入ったのとしか寝ないからね。夫も養ってるし。ここだけの話、あの人は見てのとおり足がひん曲がってて動けやしないけどさ、ああ見えて口でやるのはすごいんだよ、クラリータ。あいつの顔の上に座ったら、少なくとも続けざまに五回はいっちゃう。すごいんだよ、ムンラは。だから見捨てやしない。だから、あんなびっこになっても、何年もがまんしてるのさ。若い頃はすごくハンサムでさ、トレーラーとぶつかってああいう目に遭う前は、バイクに乗ってかっこよかったんだよ。

そこでノルマは、テレビの前でソファーに座って、首すじにできた巨大なおできを人差し指でつぶしているムンラを見た。その顔が自分の股間にもぐりこんでいるところを想像すると、ぞっと悪寒が走った。少なくとも、ペペはかっこよかった。二頭筋がもりもりで、ぐっと力を入れたらワイシャツの縫い目がはじけるほどだった。ペペは毎朝起きぬけに、腕立て伏せを百回とスクワットを百回、腹筋を百回やっていて、すごくたくましかった。シウダー・デル・バジェを囲む山にピクニックに行って、靴下を履いていかなかったせいでノルマの足が凍ってしまったとき、何キロもおぶっておりてくれたほどだった。ムンラがあたしの人生に現れたときは、とチャベラは話し続けた、あたしはもう何もかも知り尽くしていたから、ムンラに、あたしと結婚したければパイプカットをしなきゃダメだよって言ったのさ。もうこれ以上子どもはほしくないって。もうあんなプレゼントはこりごりだった。あのクソガキでたくさんさ。産むとき痛いのはいいけど、たいへんなのはその後さ。朝から晩までかかりっきりで見てなきゃならなくて、もうへとへとさ。マウリリオが刑務所に入ったときは、あたしは具合が悪いしすかんぴんで、飢え死にしそうになったよ。今思えば、あの頃はほんとにたいへんだった。自分はなんてバカだったんだと思って、あたしは自分に言い聞かせた。マウリリオと手を切ろう、もうムショに会いに行ったり、なけなしのお金をあげたりしない、あの人と息子は、あのくそったれの母親に養わせようって。決心するのはそう簡単じゃなかったさ。その頃はまだ、マウリリオにぞっこんだったからね。楽しめるのはマウリリオとやるときだけで、客とやってもさっぱりだったしね。

ただ仕事とわりきっていちゃいちゃするだけ。マウリリオとは違った。あの人のチンコはこんくらいあってさ、セックスはへたくそだったけど、いつもあたしは会うなり、あの人をベッドに押し倒して上に乗っかって、すっかり突っ込ませてやりまくったものさ。遊園地にある、コインを入れたら揺れる牛に乗っかるみたいにしてさ。さっきも言ったけど、その頃あたしはまだバカでさ、いい気持ちになると子宮が熱くなって精液がはりつきやすくなるのを知らなかったんだよね。ほんの十五歳だったから、何も知らなかったのさ。だから、おろそうとしたときはもう遅かった。子どもを欲しいだなんて一度だって思ったことはなかったのにさ。そういうことは相手に話しておくべきだよ。あとから犠牲者面するより、まわりくどい言い方をしないではっきりと、知らせておくほうがいい。子どもを持ったら最悪さ。みんなきれいごとを言うけど、子どもは女の血や生気を吸い取るダニか寄生虫さ。いたら何もできないし、へとへとになるまでがんばったって感謝されもしない。クラリータ、あんたはよくわかってるだろう。あんたの母親が呪われたみたいに、次々子を産むのを見てきたんだろう。結局腹をすかせる口が増えるだけなのにさ、違うかい？のぼせあがって、男が助けてくれるなんて思いこんで、でも、いざとなったら、産むのだって育てるのだって食わせるのだって、苦労するのは女さ。男なんか何もしやしなくて、気が向いたときに顔を出すだけ。それともあんた、子どもができたらルイスミが変わると本気で思ってるのかい？　まさか、そんなわけがない！　自分が支えてやる、いい父親になるとか、そういうたわごとを言ったか知らないけど、そんなのあんた、あてになるもんか。悪くとらないでおくれ。でも、あたしはあの子のことをよく知ってる。自分が産んだ子だからね。あいつは父親とおんなじろくでなしさ。絶対変わりゃしない。絶対約束など守りゃしないよ、クスリのことしか頭にないんだから。クスリと、遊ぶことしかさ。クスリはもうやらない、もうやめたとか、もうビールを飲みにいったりしないとあんたに誓ったとしても、道路端の行きつけの店に行って酒やらクスリやらに手を出すのは時間の問題さ。コカをやったらぱっちり目が覚めて元気が出るなんて言ってるけど、あいつはただのらくらしていたいだけさ。あたしの言うとおりだって、あんたはわかるだろ？　あんたはバカじゃないからさ、クラリータ。あいつがちゃっかりつけいったのは、あんたのせいじゃない。でも、わかってないといけないよ、あの子は変わりゃしない。どんなにうまいことを言おうが、どんなに誓おうがね。あんたが困った羽目になってるのを、あたしがわかってないとでも思ってるのかい？　あいつがいつかバカはやめて、あんたをちゃんと抱いてくれるわけがない。あたしが一番いいと思うのは、あたしの友だちのところに行くことだよ。連れてってあげるから。力を貸してもらったら、お腹に赤ん坊がいるってプレッシャーなしにこれからのことを考えられるから。だって、あんたはまだお子様で、この先の人生をどうしたいのか考えたこともないんだろう？　あんたを見てると、昔のあたしみたいでさ、だから思うのさ。あの時、あたしもまだ間に合ううちにおろさせてくれる人がいたら、誰かに魔女のところに連れていってもらえたらよかったのにって。しかも魔女はお金をとらないんだよ。大金持ちだからいらないのさ。みすぼらしい、薄汚いなりをしてるけど、金をごっそり持ってるんだ。手伝ってくれるって、話はあたしがつけるから。ね、なんとかしないと。だって、あんたまだ子どもじゃないか。年はいくつなんだい？　十三歳、とノルマ。ほらね。なんだよ、あんた、けちけちしないでよ。あいつだっていいって言ってるんだよ。二人食わせていくような金はないもん、わかるだろう？　それにお腹の子はルイスミの子じゃない。そら、自分で話しな、クラリータ、うっかりして、シウダー・デル・バジェのガキにはらまされたんだって。いいからおろしてくれって、自分で言いな。魔女はそれまでずっとこちらに背を向けて、薄汚い台所でごそごそやっていたが、ふいに振り向いて、ベールの下からノルマをぎろりと見た。長い沈黙のあとで、まずはみてみなくちゃ、どのくらい育ってるか触ってみないと、と言い、台所のテーブルの上にノルマをあおむけに寝かせ、ワンピースをまくりあげ、荒っぽく、ほとんど怒っているかのように、おそらくはいくらかの羨望もこめてノルマのお腹をなで、しばらく探ってから、難しいわね、もう手遅れよ、と言った。チャベラは、なんだい、金ならいくらでも払うよ、と言い、魔女は、お金じゃないわ、この子のためよ、と言い、チャベラは、ルイスミの頼みだよ、あの子はプライドが高くて、自分で言いにこられないから、いざこざのあとで頼みごとをするのを気まずがってさ。ノルマは、横になっておっぱいのところまで服をまくりあげたまま、皿の上でナイフをつきたてられた腐ったリンゴの脇に頭を置いて、二人のやりとりを聞いていた。とうとう顔をあげると、魔女がおそろしげな呪文だか祈りの文句を甲高いしゃがれ声でつぶやきながら、何かを探すように、鍋を動かしたり瓶や容器の蓋を開けたり閉めたりしているのが見えた。待つあいだもチャベラは、台所のよどんだ空気の中に、ひっきりなしにタバコの煙を吐きだし、新しい愛人のことを魔女にしゃべり続けていた。新しい愛人とは、ルイスミが気をつけろと言った、あのクコ・バラバス、お金がなくなってノルマがガソリンスタンドのところでバスから降ろされ、ビジャに来た午後、座りこんでいたノルマを追い回した、黒いピックアップトラックの男だった。ノルマはあのとき、どうすればいいかも、どちらに行けばいいのかも、プエルトがどこにあるのかもわからなくて、数分ごとに通りかかり、こちらをじろりと見ていくトラックの運転手に乗せてもらおうかと考え、そんなことをしたら何をされるかわからないと怖くなったり、どっちみち最後は崖から飛び降りて、自分も、自分の中でぷかぷか浮いているものも溺れ死ぬのだから、どうなろうと同じじゃないかと思ったりしていた。ノルマには、自分のお腹の中にいるのがちっぽけな赤ん坊ではなく、嚙み終えたガムのような、桃色のいびつな肉のかたまりのように思え、だからどうなろうとかまわない気がしていた。そんなふうに葛藤しながら、道端の停留所で何時間か座っているとき、あの黒い車の金髪の男が止まって、カーステレオの歌を大音響で響かせ、にやにやしながらじっとノルマを見たのだった。

〝俺は普通の男のふりをするよ、おまえなしだって、へいきな顔をして〟家に帰る途中で、あのときと同じ歌が突然、チャベラの携帯から流れだした。刻一刻と濃くなっていく夕闇があたりの色をのみこんでいき、夜の帷《とばり》の中で、木々の梢も畑のサトウキビも一つの大きな岩のようになり、その向こうで、遠い集落の家々の戸口にさげられた電球が、小さなルビーのようにきらきらと光っていた。ノルマはチャベラに手首をぐいぐい引かれながら、もう一方の手で一縷の望みにすがるように飲み薬の入った瓶を握りしめ、遅れまいと必死でついていったが、どんどん不安がふくらみ、今にも足元の地面がぱかっと開いて奈落の底に落ち、体じゅうの骨が粉々になりそうな気がして恐ろしくなった。いや、それとも瓶が割れて、大事な薬が乾いた地面にこぼれてしまうのではないか、さらに恐ろしいことに、お伽話に出てくるようなまばらな髪にしわだらけの顔をした森の邪悪な魔物が暗闇の中から現れて、呪いをかけられ、気がへんになりそうな蟬の声と赤い目をしたヨタカのキョキョキョキョキョキョキョという声が響くその暗い田舎道を、永遠にぐるぐると歩かされるのではないか。その瞬間、チャベラの携帯の着信メロディーが鳴り始めた。〝俺は普通の男のふりをするよ〟、ノルマは悲鳴をあげそうになり、〝おまえなしだって、へいきな顔をして〟、あやうくチャベラにぶつかりそうになった。チャベラはノルマをつかんでいた手を放して電話を服からとりだし、甘えた声で、なあに、どうしたの？　ずっと思ってたわ……、もちろんオーケー、今すぐね……、もう着くところだから……、大丈夫だって、十五分後ね、ええ。そして、電話を切ってふうっと息を吐き、ノルマを怒鳴りつけた。早く、さっさとして。あの人たちより先に家に着いてなきゃいけないから。あんたを置いていかなきゃなんないけど、心配ないよ。それを飲めば、明日の朝には、生まれ変わったみたいにぴんぴんしてるさ。あたしも何万回もやってきたけど、なんともなかったから。さあ、急いだ、急いだ、遅れちゃうよ。まだお風呂も入ってないのに。やれやれ、さあ、急いで、クラリータ！　ノルマはついて行こうとしたが、だんだんとチャベラの声は遠ざかっていった。そのおどろおどろしい液体の入った瓶を握りしめて、ノルマは一人暗がりの中に取り残されまいと足を早めた。液体は、一気に全部、一滴残らず飲まなければならなかった。魔女の言うとおり、薬を飲んだあと、つきあげてくる吐き気をこらえるのに苦労したが、もっと苦しかったのは、痛みが押し寄せてきたときに、叫び声をのみこむことだった。はらわたを外からぐいぐい引っ張られて、皮膚が裂けてしまいそうな気がした。どこにそんな力があったのか、ノルマは自力でマットからおり、庭に出て、離れの裏手にまわり、指と爪とそこらから掘り出した石を使って地面に穴を掘った。そして、最後はその穴の中に入り、陰部をナイフで切り裂かれるような痛みをこらえてしゃがみこみ、何かが破裂するような感じがするまでいきみ、さらに中に何も残っていないか指をつっこんで確かめてから穴に土をかぶせ、血だらけの手で地面をならして、はうようにしてむきだしのマットレスに戻り、丸くなって、痛みがおさまるのを待った。さらに、ルイスミがすっかり酔っ払って仕事から帰るのを待ったが、ルイスミはノルマの血が止まらないのにも、体が燃えるように熱いのにも気づかずに、背中から抱きかかえるばかりで、翌日の正午、マットから立ちあがろうとしたときには、離れの中はもう耐えられないほど暑かったのに立つことができず、ルイスミに、痛い、痛い、お水、お水と訴えるのが精一杯だった。ルイスミが瓶に水をくんできて唇をぬらしてやると、ノルマは水を飲んでそのまま意識を失い、離れの裏に掘った穴の夢を見た。あの穴から小さな生きた魚が出てきて空中を泳ぎ始め、ノルマを追いかけてきて服の中にもぐりこもう、彼女の体の中にもう一度入りこもうとする夢を見て、ノルマは恐怖にかられて絶叫したが、口から声は出ず、次に目覚めたときには、離れのマットレスの上ではなく、ストレッチャーに仰向けで寝かされていた。開いた脚のあいだをのぞきこんでいるハゲ頭が見えた。血はまだどくどく出ていて、ソーシャルワーカーが嫌悪の視線とともに投げかける質問がわんわん響くなか、自分の体にあとどのくらいの血が残っているのかも、あとどのくらいで死ぬのかも、ノルマはわからなかった。あなたは誰、なんて名前、何を飲んだの、どこに捨てたの、どうしてそんなことをしたの、そしてそのあとは何もなくなった。叫喚や、泣いて彼女の名を呼ぶ、生まれたばかりの赤ん坊の合唱がときおり混じる黒い静寂。目が覚めると、裸の体にごわごわしたガウンだけをはおって寝かされ、ベッドの手すりにくくりつけられたベルトがくいこんで手首の皮膚がひりひりしていた。まわりでは、女たちがぺちゃくちゃしゃべり、暑い部屋の中にはふんぎゃー、ふんぎゃーと泣く赤ん坊の乳臭い汗のすえた匂いが充満し、ノルマはベルトを切って走って逃げたくなった。できるものなら、病院からも、痛くてたまらない自分の体からも、いまいましいベッドにくくりつけられた、血と怯えとおしっこでいっぱいになった、はれあがった肉のかたまりからも逃れたい。自分の胸を抱きしめ、ずきずきと体を貫く痛みをやわらげたい。汗でぐっしょり濡れた髪をかきあげ、かゆくてたまらない下腹をかいて、腕の内側に刺しこまれたプラスチックのチューブをひっこぬきたい。ぐいぐいひっぱってベルトを引きちぎり、憎しみをこめてみなが見ている場所、自分がしたことを誰もが知っていると思しきその場所から逃げだしたい。手をぎゅうっと締めあげ、自分の首を切り落として、原初の叫び声をあげたい。尿と同じようにこみあげてくる叫びを、もう一秒たりとも堪えきれなくなって、生まれたばかりの赤ん坊と声をそろえてノルマは叫んだ。ママ、マミータ、うちに帰りたいよう、マミータ、あたしがしたことを全部許して。

6

ママーーーー、男が叫んでいる。ごめんなさい、ママ、ごめんなさい、マミータ。バスに轢かれて、生きたまま次の町角まで引きずられていく犬のような声だ。ママーーーーー、マミーターーー。そしてブランドは——リゴリトの部下に牢屋にほうりこまれたあと、やっと確保した、壁とトイレの間のスペースのすみで体を丸めて——叫んでいるのはルイスミだろうと、どこか喜びを覚えながら思った。渦巻く苦悩にとらわれて吠えたてているルイスミ、自白するように角材で腹部をめった打ちにされて、吐くまでわめいているルイスミ。奴らが知りたがっているのは金だった。金はどこにあるのか、金はどうしたのか、金をどこに隠したのか、それだけを知りたい、むかつく豚野郎のリゴリトとクソ警官どもは、血を吐くほどブランドを殴りつけてから、小便と糞とすえた汗の匂いのするその地下牢にほうりこんだのだった。彼同様、壁際で丸くなっていびきをかいている奴や、彼のほうをちらちら見ながら、小声でくすくす笑うかタバコを吸うかしている、不幸な酔っ払いどもが放つ匂いだ。鉄格子の中に入るなりブランドは、襲いかかってきた三人から身を守らなければならなかった。三人のうちで一番声のでかいリーダーらしいひげ面が、胸をこづき、スニーカーを脱げと命令し、オカマ殺しが、何気取ってんだよ、とすれすれまで顔をつきつけ、ブランドの手を揺すぶってわめいた。肌が黒く前歯がなく、ぼろ雑巾にしか見えないシャツを着た骨と皮ばかりの奴の、どこからそんな声が出てくるのか。おい、ホモ野郎、てめえなんかサンダルはいて、チンポくわえてろ。警官にくらった殴打のせいで立つのもやっとのブランドは、アディダスを脱いで、そのひげ面に渡すしかなかった。すると、そいつはすぐにはいて、勝利のダンスらしきものを踊り、ついでにそこらにころがっている酔っ払いを面白半分に蹴飛ばし、酔っ払いどもは寝ぼけたまままうめいた。車に轢かれた犬のような泣き虫野郎は、その間もずっとわめき続けていた。その声は地下牢の壁に跳ね返り、ほかの者たちがわめき返す声とごっちゃになって、しばらく何も聞きとれなくなった。うるせえ、この野郎！　うるせえ、黙れ、人殺し！　親を殴り殺して、何が悪魔がやっただよ、キチガイ！　ふざけんな。おい、黙らねえなら、チンポ蹴とばすぞ！　ブランドは小便臭い片隅にうずくまることができた。できるだけぴったりと尻を壁に寄せて腹の上で腕を組み、血だらけの腹腔の中で内臓がどうにかくっついていられそうな体勢をとった。目をつぶっていても、さっきのリーダーがそばをうろついている気配と、その垢まみれの肌から放たれる悪臭が感じられた。オカマ殺し、と声がした。よう、オカマ殺し、よう……。だが、ブランドは手で耳をふさぎ、首を振った。ただ一つ、残っていた金目のものをやったのに、まだ何がほしいというのか。もれたうんこがついたパンツか？血と小便が飛び散ったバミューダか？所場代なら、もうスニーカーで払ったじゃないか。そこらじゅうの傷の痛みを堪え、数分間ひっそりうめくことも許されないのか？泣き虫はまだ通路のむこうのほうでわめいていた。きっと、警官たちが親しみをこめて〈穴ぼこ〉と呼んでいる、狭い独房に入れられているに違いない。僕じゃないよ、ママ、僕じゃないって、と叫んでいる。悪魔だよ、ママ、窓から影が入ってきたんだ。僕は眠ってたんだ。マミータ、やったのは悪魔の影だよ。殴りつけられていないしらふの者たちが、ジョークやみだらな言葉や口笛を返した。あいつ、やめさせろよ。留置場の扉を見張っている看守のところにいって、ちょっと入らせろ、俺が黙らせてやる、と言い出す者もいた。人殺しの、ろくでなしめ。母親を殺したくせに、警官どもにとっちめられてないのかよ？リゴリトはどこだ？あいつの手下どもはどこだ？小便のバケツはどこだ？あのやかましい野郎にぶっかけてやる。ケーブルとバッテリーはどこだ？あいつのキンタマを焼いてやる。卑しい警察署長のリゴリトは子分をひきつれて、ビジャに一台しかないパトカーに乗りこんで出かけていった。署長室の後ろの小部屋でブランドをボコボコにしてから、そのまま魔女の家に向かった。金はどこだ、豚野郎はわめいた。言え、首をしめるぞ。チンコをちょんぎって、ケツの穴にぶっこんでやろうか。くそったれのオカマ野郎めが。金のありかを吐かせようといくら脅されようが、ブランドは、あの家には何もなかった、宝なんてない、金があるなんてでたらめだ、村のやつらの作り話だと言いはり、台所のテーブルにのっていた手垢じみた二百ペソ札と、居間の床に転がっていたコインのほか、宝も、金の詰まった宝箱もないとわかったときの絶望感を思い出して、やくざな警官どもの前で悔しがって啜り泣きさえした。あったのはゴミの山だけ。湿気で腐ったただのゴミと、紙切れやぼろきれやがらくた、飢え死にしたヤモリやゴキブリの死骸しかなかった。パーティーで使っていたスピーカーやプレーヤーも、魔女がヒステリーを起こして発作的に上の階から投げ落としたのか、中身が飛び出して一階の床に散らばっていた。何もありませんでした、何にも、とブランドは繰り返したが、くたびれないように交代で腎臓のあたりを殴りつけていたリゴリトと手下どもが、角材を置いて、ケーブルとバッテリーを見せ、天井から下がっているパイプに手首をくくりつけて、小便で濡れたバミューダパンツをおろして電気を流そうとすると、ブランドはあかずの間のことを話すしかなくなった。魔女の家の二階に、いつでも鍵がかかっているドアがあって、あの日も二人でさんざん押したりひいたりこじあけようとしたがだめだったと。さらに、リゴリトに睾丸にケーブルをひっかけられると、魔女を殺して、死体を用水路に捨てたその日の夜、ルイスミもムンラも連れずに、一人でもう一度魔女の家に戻って宝を探したことを白状した。だって、何にもないなんて、そんなはずないじゃないすか。だから、一階を見てまわってから階段をのぼって、もう一度二階の部屋を見て、あの部屋のドアをもう一度開けようとしたんです。マチェーテで叩き壊そうって。中に金目のものがあるに決まっていると思ったから。だって、誰も入らないように、誰も二階に上がらないように、魔女はあれほど用心してたんすよ。そう言ってブランドが怒りと屈辱と殴られた痛みとでむせび泣くのを見てようやく、豚野郎たちは気がすんだのか、彼を小部屋から連れだして留置場に放りこみ、その足でパトカーに乗りこんで出かけていった。だが、金を探し、必要とあらば銃弾を撃ちこんでドアを引き倒すつもりで、まっすぐに魔女の家に向かったに違いないリゴリトたちも何も見つけられないだろうとブランドは踏んでいた。そして、無駄足だったとわかったら署に戻ってきて腹いせに、自分のチンポと耳を切り落として血が流れるまま、牢屋というより棺桶に近いあの狭い監房に置き去りにするつもりだろう。かっとなって母親を殺したあのキチガイと仲良く一緒に、悪名高き〈穴ぼこ〉に入れられるのだ。リゴリトは実際、魔女が死んだことなどこれっぽっちも気にかけていなかったのだから。知りたいのは、どこに宝があるかだけだった。どの宝すか、ブランドが問い返すと、ズン、胃の入り口にパンチが入った。どこに隠しやがった、ボスッ、まるでブランドの心のうちを見すかすように、答えもしないうちに角材で腎臓のあたりを殴られた。このオカマ殺し野郎、一晩じゅう、こうしてやったっていいんだぞ。こんなの序の口だ。さあ、吐けよ、金はどこだ？　どこに隠した？　腎臓が内側から悲鳴をあげ、背中の肉が裂けるのがわかったが、顔には手をかけられなかった。翌朝新聞記者が写真をとりにきたとき、暴力で脅して自供を促したと書きたてられないためだ。明日になれば三面記事で彼の顔を見て、母親は何もかも知るだろう。もっともドン・ロケの店の真ん前でパトカーに押し込まれるのを見たという噂を、もう近所の誰かから聞きつけたかもしれない。リゴリトの豚野郎は彼のことを、魔女殺し一味のリーダーと呼んでいた。なんだよ、大げさなんだよ。たかがホモを一人殺しただけじゃないか。俺は人殺しを商売にしてるわけじゃないし、あいつは殺されて当然だったんだ。ホモだし、醜いし、バカだし、汚いし。あんなオカマ、いなくなったって誰も悲しみやしない。ブランドは、自分のしたことを後悔していなかった。なんで悔やむ必要がある？　だいたい、ナイフを刺したのは俺じゃない。家に入ったときと、ムンラのバンにのせるときに、おとなしくなるように何発か殴っただけだ、そうだろ？　殺したのはルイスミだ。

みんなルイスミのせいだ。首にナイフを刺したのはルイスミだ、とブランドはリゴリトに言った。彼は、そのあとナイフの柄を握ってひきぬき、用水路に捨てただけだと。だが、リゴリトはべつにそんなことは聞きたがっていなかった。聞きたいのは金のこと、あのいまいましい金のことだけだった。金なんかなかった、最初からどこにもなく、自分たちもどんなにがっかりしたかを、ブランドはリゴリトにわからせようとしたが、どうしても納得させられなかった。悔やんでいることがあるとすれば、クソルイスミと、ついでに、あのうっとうしいムンラをまとめて殺して、ホモだらけの、このちんけな町から逃げる度胸がなかったことだけだ。みんなしょっぴいて、焼いちまえばいいんすよ、あんなホモどもはみんな焼いちまえば、とブランドは警官たちに言った。くらえ! 横腹を角材で殴られた拍子に膀胱がゆるんだ。そんなふうにして失禁し、口の中に血の味が広がり、歩くのもやっとになってブランドは留置場に投げこまれ、あの薄汚いごろつきどもに新しいスニーカーを取りあげられることになったのだった。ちくしょう、ルイスミからくすねたあの二千ペソをはたいて買った、本物のブランドもののスニーカーを。ルイスミは、ラ・サンハに行ってコカインを買ってくるようにと魔女から金を渡されたが、すっかりラリっていたので、ポケットに入れた金をブランドにすられても気づかなかった。翌日ルイスミが金もコカインも持たずに家に行くと、魔女は、ルイスミが例のごとく使いこんだと思って激昂して、ルイスミを追い出した。魔女はときどき何気ないことで爆発することがあったが、そのときも怒りを噴出させ、あんたの顔なんか二度と見たくないわ、と地団駄を踏み、まぬけなルイスミが、くすねてなんかいない、何も盗んじゃいない、誰かに盗まれたか、うっかりどこかで落としただけだとわめくという茶番が繰り広げられ、二人ともテレビドラマのシーンのように睨み合い、ブランドのことは疑いもしなかった。そこでブランドは、一週間ようすを伺ってカーニバルが終わると、ビジャのプリンシパドデパートに行って、白地に赤の線の入った、最高にいかしたアディダスのスニーカーを買ったのだった。誰から巻き上げたんだと聞かれると、親父からもらったとこたえたが、何年も前から父親はたずねてこず、しつこくせっついてようやく送ってくる雀の涙ほどの月々の生活費で、母子二人どうにか食いつないでいた。母親にも、スニーカーをどこで手に入れたかは説明せずにすんだ。粗忽な母親は、自分が市場で買ってくる野暮ったい靴をブランドが決してはかないのも気づいていなかった。二日はけばもう穴があいてぼろぼろになる、市場の怪しげな店で買ってきた安物の靴だ。プラスチックの天使だの、『最後の晩餐』のポスターだの、陶製の羊飼いの置物だの、動物のぬいぐるみだの、その店で買ったがらくたで、母は家じゅうを飾っていた。居間のソファーにはぬいぐるみがぎっしりと並べられ、埃だらけのごみ同然の人形のせいでろくに尻を置けなかった。そこで、母親が教会に行って、狂信者どもと祈っている午後、ブランドはいくつかのぬいぐるみを選って、中のワタをひっぱりだし、石油をかけて庭で燃やしてやった。これが本物の骨と肉を備えた動物で、夢見るような目をしたウサギや子熊や猫の本物の毛がパチパチと燃えるのならいいのに、と彼は思った。母親がばかみたいに、神様を信じているのが、ブランドは我慢ならなかった。そのせいで毎日フリホレスしか食べられなくなるからだ。父親が送ってくる、たいして多くもない金のほとんどを、母は聖学校に寄付してしまい、クソったれのカスト神父に入れこんで、教会に入り浸っていた。しかも神父ときたら、うちに食事に来ては嫌なことばかり並べたてた。どうしてミサに来ないのです、どうして告解をしないのです、なぜいつもあんな不良どもと一緒にいるのです、神を冒瀆するような、悪魔や骸骨の絵の服をなぜ着るのです、悪へと誘い、破滅と狂気へと導くだけの音楽を聴くのをなぜやめないのです、哀れな母親をあんなふうに苦しめて恥ずかしくないのですか、公園でごろつきとたむろして酔っ払っているのなら、金曜日のミサにいらっしゃいと。毎週金曜日、カスト神父は、悪魔に憑かれた者、呪術を信じて闇の力に引かれて、世界にばらまかれた悪魔や亡霊や邪悪な霊の領域にいる者のためにミサをあげた。神を冒瀆する考えや、まじないの儀式や迷信にひきこもうとする邪悪な霊は、アフリカ系の人びとや先住民の偶像崇拝の習慣や、貧困や無知によって、その近辺に蔓延していた。ブランドは神父のミサがどういうものかよく知っていた。小さい頃、息子が悪魔にとりつかれていると思いこんだ母親に、よく連れていかれた。礼拝はだらだらと長く退屈で、カスト神父の祈りは全部ラテン語なので、何を言っているのかさっぱりわからなかったが、最後に、前のほうの長椅子にすわった人たちが、聖水をふりかけられ、頭にカスト神父の手がおかれると、身をよじらせたり白目をむいたりし始め、決まって失神する狂ったばあさんたちや、精霊に満たされたと言って、わけのわからない言葉で叫びだす人たちがいるのは、ちょっとだけおもしろかった。当時ブランドは十二歳にもなっていなくて、どうして母親が自分をそこに連れていくのか、どうして母親は自分が悪魔に憑かれているとそれほど固く信じこんでいるのか、さっぱりわからなかった。彼は、ミサの間に叫び出したくなることも、狂信者のばあさんたちみたいに、殺虫剤をかけられたムカデのように身をよじりたくなることもなかったが、母親は、放っておけば彼はそのうち、眠りながら話をしたり、夢の中で泣いたり、目に見えない存在と話したり笑ったり、夢遊病者のように起き上がって家じゅうを歩き回ったりするようになると言いはった。悪魔に憑かれていないなら、なぜそんなに反抗して母さんを避けるの？　ポケットから手を出しなさい。いけないものをいじらないで。いやらしいことをしていないでバスルームから出なさいと声をかけたとき、なぜ母さんの目を見ようとしないの？　罪をおかすのを神様に見られて恥ずかしくないの？　神様は何でもご覧になっているのよ、ブランド。特におまえが見てほしくないこと、私のグラビア雑誌を床に開いて、バスルームの中でしていることも、公園でふらふらしている子たちに教わりもしないで、眠れない夜におまえが一人で覚えたこともね。だが、公園の不良どもは、年じゅう彼をからかった。おい、おまえ、今日は何回やったんだよ？　今に手から毛が生えてくるぜ。いや、もう生えてんじゃねえの。そら、そら、見てやんの、ばーか！　で、おまえ、学校で赤点とって、しこってんのか。でも、どうせ固くなりゃしねえんだろ？　ブランドは、タバコや酒をやっている、年が倍も違う連中になぶられて言い返した。なるにきまってるじゃないすか。するとゲラゲラ笑われたが、ブランドは、彼らの仲間にいれてもらえた気がして得意になった。名前が幼稚でホモっぽいとか、チンポが超ちっこいに決まっているとか、十二歳になっても女の中に汁を出したことがなかっただろうなどと、始終いじられていたのだが。なんだよ、だらしねえな。俺なんかその年の頃には先公とやってたぜ。嘘つくなよ、ウィリー、ガタラタが叫んだ。うるせえ、ばーか。おまえ、ボレガが六年の担任にクスリのまして、のびちまったときのこと覚えてんだろ？　おっぱいがでかい先公でよ、でも、あんときは誰もまともに見てられなくて、やれなかった。六年で俺らがやったと言やあ、今思い出した、ネルソンだぜ、ムタンテが言った。ばかいえ、ネルソンってあのオカマだろ？　マタコクイテに行って、美容サロン開いたやつ。今はネルソンじゃなくて、エベリン・クリスタルって名前だってよ。あいつ、いいケツしてたもんな、覚えてるか？　俺らの前を、こんなふうに尻ふって歩いて、見られてるのに気づいてないふりしてよ。俺らがやったとき、まだガキだったけど、あのケツ見てたらむらむらしてよ、引き込み線とこに連れ出して、みんなでつっこんでやったよな、覚えてるだろ？　よりどりみどりで、あいつ、泣いてよがってよ。で、ほんとにおまえ、やったことないのかよ、ブランド。うっそだろう？　ホモともか？　ごろつきどもはどっと笑い、ブランドは爪を嚙んで、ばつが悪そうに笑うしかなかった。十二歳になっても、十三歳になっても、十四歳になっても彼は女を抱いたことがなく、母親が買ってきた芸能雑誌をバスルームの床に広げて自分でしこったことしかなかったからだ。精液まみれになった雑誌は、あとでこっそりゴミ箱に捨てなければならなかった。だが、精液が出るには出たが、公園の連中が言うように、やればやるほど大きくなるようすのないペニスのことを、ブランドはひそかに気に病んでいた。自分のは根元のほうが紫がかっていて、どう見ても貧相で頼りなく、母親の雑誌のビキニの女の子たちに飽きたときウィリーから借りてくるエロビデオの男たちのと比べると、ずいぶん貧弱に見えた。ウィリーの店は、ビジャの市場のトイレ脇の奥まったところにあり、店にはありとあらゆる海賊版映画が並べてあったが、本当に売っているのはポルノビデオと、オートミールの缶に入れてあるマリファナタバコだった。ブランドが初めてエロビデオを買いにいったとき、ウィリーにさんざん笑われた。おまえ、手から毛がはえてくるぜ。そんなことしてるから、ニキビが出て、そんなひょろひょろしてんだよ、マスばっかかいてるから。ブランドは、よけいなお世話だと言い返して、怒りをこらえた。ともかく、ウィリーに裏に連れていってもらい、てかてかした紙にひどい画質で印刷された女の子の写真を見て、映画を選ばないといけなかったからだ。選んだあとは、いつもウィリーがふるまってくれるマリファナを吸ってまっすぐ家に帰り、ビデオを居間のデッキに入れ、母親がミサに祈りに行っているうちに、映画の気に入った場面を何度も繰り返し再生して、テレビ画面の前で腰を動かし、自慰にふけった。でっかい黒人の男が車のボンネットにのせたグラマーなブロンドの子とセックスするもの、二人の女の子が、巨大な張型をそれぞれ相手の股間につっこんで喘ぐもの、中には、二人の男にベッドに縛りつけられた女の子が泣いて、カスト神父のミサで悪魔に憑かれた女たちがするように白目をむくものもあった。ブランドはそういう映像にじきに飽きてしまったが、ある時、ウィリーか、町でビデオをダビングした奴が間違ったのだろう、見る前と見た後とで世界が一変するような思いがけない場面に出くわした。別の映画のシーンの間にはさまっていたビデオには、髪を短く刈り上げた、まるで少年のような、がりがりにやせた女の子が、そばかすだらけの背中と尖った小さな胸をさらけだした全裸の姿で出てきて、続いて黒い大型犬が現れた。前足にだけ靴下を履いた、グレートデンの交配種のその犬は、よだれをたらしながら部屋じゅうでその女の子を追いまわした。家具のあいだに追い込んで、女の子の股間に黒い鼻面をつっこみ、ピンク色の舌で、やはりピンク色のおまんこをなめると、女の子はバカみたいに笑って、ブランドの知らない言葉で犬を叱った。ビデオクリップはその二分後に終わった。女の子がひじかけ椅子に背中から倒れこむと、黒い犬がとびついて、黄色いまのぬけたソックスをはいた前足を女の子の肩にかけて、女の子の顔にとがったペニスを近づけていった。だが、女の子の苺のような唇が開いて、犬のあそこをすっぽり口に含んだところで動画がブツッと切れ、一秒間画面が青くなったあとで、絶対に顔を見せない酔っ払い男と、手術した巨乳の金髪女のシーンが始まった。ブランドは欲求不満でとり残されてうめき、あの女の子と犬がまた出てこないかとさかんに早送りしてみたが無駄だった。そこで何時間もの間、その二分ちょっとの映像を何度もリピートして我慢したが、本当に見たかったのは、犬と女の子がセックスするところだった。女の子が犬の性器をくわえたあと、体位を変えて、犬が情け容赦なく女の子の上にのっかっていってピンク色のおまんこをねちょねちょの精液で満たし、女の子が気持ち悪がって犬から逃れようと体をよじらせてうめき、その白い太ももに犬の熱い精液がしたたるところだ。ブランドはその後何か月も、その空想の場面を頭の中で再生するのをやめられず、勃起してはまずい時や場所でも思い出してしまった。

たとえば学校の教室で、クラスの女子が落とした鉛筆を拾おうとかがんだとき、ブランドは自分が黒い犬になってその子にとびかかって、嚙みついてショーツを脱がし、床に仰向けに寝かせ、人間のものとは思えない黒いペニスを乱暴に突きたてるところを想像した。ときには夜中に目が覚め、自慰をしてビデオの記憶を紛らそうとしたが、頭の中の映像では物足りず、かといってその時間、部屋のドアをあけて眠っている母親の手前、居間でビデオを再生することもできなくて、こっそり庭に出て、屋上に登り、隣の家の塀づたいに通りに出て、がらんとした夜道をさまよい、犬の激しい吠え声や、きゅんきゅん鳴く声をたよりに、周期的な原初の儀式が行われている場所を探した。神聖な静寂の中、欲望にあえぐ雌犬が課すヒエラルキーを尊重しながら順番に雌犬を犯そうと、舌を出し、性器をふくらませ、牙をむきだしにして集まってくる野良犬たちのすばしこい影が、ドン・ロケの店の裏の路地や、教会前の公園の植えこみや、村の周囲に広がる荒地をよぎる。雌犬はどうやって最初の雄を選ぶのだろう。ブランドが見る限り、どのオスも美しく、どの犬もみな、彼には金輪際持てそうにない自由さと美しさと自信に溢れていた。ブランドは、脅かしたり怒らせたりしないよう、ほどほどの距離をとって犬たちを眺め、右手を使って遠くから彼らの乱交に加わり、ひりひりと血管を焼く毒の最後の一滴まで地面にまきちらした。そして家に帰ってベッドにもぐりこみ、心地よい虚ろさにへたりこんでまどろみ、睾丸を満たしていた毒気の抜けた安らぎに身をゆだねた。おそらくはそれこそ、体の中に悪魔が入り込んでいる証拠、紛れもないあかしと思われたが、カスト神父によれば悪魔に憑かれた者の顔に現れるという印は見当たらなかった。夜、暗くなってから洗面所の鏡の前に立って自分の顔をどんなに丹念に探しても、悪魔の面影や印は見つからず、そこには目が落ち窪み、歪んだまなざしをした、いつものさえない丸顔があるだけだった。目の中に邪悪な輝きがあるとか、瞳の奥に赤いきらめきが宿っているとか、額に角がはえかけているとか、牙がにゅっと突きだしたとか、何でもいい、そういうものが見つかったらよかったのにとブランドは思った。頻繁に夜中に家を抜けだし、大量にマリファナをとるせいで、日に日に体がぼろぼろになっている、洟垂れ坊主のまぬけ面以外なら何でもいい。このところ彼は土曜日にウィリーの店に行くときだけでなく、家で自慰をする前や、公園で仲間たちとたむろしている時にも日常的にドラッグをやるようになっていた。放課後、ウィリーやガタラタやムタンテやルイスミなどのごろつきどもと夕方の公園にたむろしては、アグアルディエンテを飲んだり、マリファナをやったり、時には接着剤やコカインを吸ってすごした。金があって、マタコクイテとの境にある、ラ・サンハ地区のパブロの店までムンラが連れていってくれるときは、ひどく質の悪い、安いコカインを買ってきた。ブランドは鼻から吸引するより、タバコやマリファナタバコの先につけて吸うほうが気に入っていた。だが、肺を満たし、心地よく感覚を麻痺させる、甘ったるい蒸気の溶けたプラスチックのような味は好きだったが、コカインをとると、女の子と犬のあのビデオを見てもいけなくなるのにブランドは気づいていた。画面の中で、犬と追いかけっこをする、そばかすだらけの少年のような女の子と、そのピンクに色づいた割れ目を見れば、何時間でもしごいていられたのに。彼がこれまで見たことのある実物は二つとも、その割れ目と似ても似つかなかった。十五歳か十六歳のとき、彼はようやく女の体を知ったが、入っても中ではいけなかった。ドラッグと、それにもちろん、頭と体を鈍くするコカイン、それに陰で嘲笑うごろつきどものせいか、とりわけ、あのみだらな娘のせいだった。あのときは情けないことに勃たず、入れることもできなかった。あれは、コカインとアルコールと夜明かしのせいだった。仲間と初めて夜どおし遊んだ時のことだった。戒める母親にもカスト神父にも逆らって、ブランドはその年初めて、若者たちを姦淫や悪徳に導く、歯止めのきかないバカ騒ぎ以外の何物でもない、俗っぽく不道徳きわまりないビジャのカーニバルに繰りだしたのだった。カーニバルのあいだじゅう、母と二人で家にこもって外の音を聞くだけで過ごすのに、ブランドはもううんざりしていた。パレードの音楽、夜通し外で飲んで踊る人びとの喧騒、爆竹が破裂する音、明け方のけんかで瓶が割れる音、道に迷った酔っ払いがゲーゲー吐いてもだえる声、教会の隣に毎年据えられる、電気仕掛けの遊具が繰り返すしつこいアナウンス。ブランドは、灰の水曜日に母親に無理やり手を引かれてミサに連れていかれたときに、もう解体された電球やネオンが、昼の光の下でわびしげにアスファルトに転がっているのを見たことがあった。教会に向かう道には、ごみや、ビールの缶や、アグアルディエンテの空き瓶が散乱し、公園の植え込みや、紙吹雪が吹き寄せられた道端には、一家そろっていびきをかいている農民たちがいた。カーニバルに先立つ数日間、村をかけめぐっていた興奮や、きらめく飾りや明かりが、どうして最後は、反吐の中で正体を失っている人といった、醜悪でおぞましい光景になってしまうのか、ブランドは常々不思議でならなかった。そこで十六歳になった年に、母親にどんなに泣きつかれようが、放蕩息子と嘆かれようが、父親に言いつけると脅されようが、カーニバルに繰りだそうと決心した。父親に言いつけるだなんて笑わせる。父親なんてとっくの昔に、いないも同然になっていたのだから。父はもう何年も電話一本よこさず、ましてや村に来ることもなかった。ブランドの父がパロガチョに別の家を持ち、妻と幼い子どもという別の家族がいて、母子が飢え死にしないようにお金を送り続けてくれているのは憐れみからにすぎないのをビジャガルボサで知らないのは母親だけだった。彼女は現実を認めようとせず、教会に入り浸り、祈って神様にすがれば、神様のとりなしで自然と物事が解決されると信じていた。母親は、ブランドがいつまでも素直でおとなしい内向的な子どもで、小さな夫のように自分と腕を組んで町を歩く従順な子でいてくれるものと信じていたが、公園にたむろする不良たちは、二人を遠目に見て嘲笑い、ブランドをからかってきた。マザコン、ブランディ、まだママにお尻を拭いてもらってんのかよ。まだママにお風呂に入れてもらって、パウダーをはたいて、天使とすやすや眠れるようにチンコ撫でてもらってるってか？　いつになったら卒業すんだよ、ブランド？　自分でマスかくばっかで、恥ずかしくねえのかよ？　まだ本物の女に入れたことねえんだろ？　ほら、チャンスだぜ、入れてみろよ、奴らはけしかけた。さあ、早く、目を覚まさないうちに、さっさとやっちまえ。初めて友だちとカーニバルに出かけた夜、というより、初めて夜通し遊んだ明け方のことだった。いくつもの山車のスピーカーから同時に響くやかましい音楽で沸きたつ町をみんなと一晩中うろつくのは初めてのことだった。陶然として大きく見開かれたブランドの目は、山車に乗った女性たちのむきだしの肌や、道端につめかけた名もない群衆の顔、気をとられている大人の頭に卵の殻に小麦粉を詰めた卵爆弾や紙吹雪をぶつけようと、街角からいきなり現れる子どもたちのグロテスクなお面の上をすべっていった。二月の煙った空気には雑多な匂いが入り混じっている。ビールの泡や、タコスの屋台の油、うまそうな揚げ物や、ドブやゴミ、そこらにまきちらされた小便や大便、押しつけられてくる体や汗の臭い。ビジャの中央広場にはほうぼうに、騒動に備えて州都から連れてこられた警官が待機していたが、さっぱり効果はなく、カーニバルの女王の玉座のまわりには、身動きがとれないほど人だかりができていた。昔のお姫様のような金ぴかの衣装にベールをまとった、まだほんの少女のような女王は、ぼんやり空を見つめて笑顔をつくり、背後の壁から大音響で響く裏打ちのリズムに合わせて、きゃしゃな手足を揺らしていた。〝あの子はガソリンが好き〟、片手を腰に置き、もう片方の手で冠を押さえている、〝もっとガソリンをやれよ〟、びっくりしたような、うつろな目をした女王に向かって、〝ガソリンが大好きなのさ〟、からかうというよりもほとんど本気で、酔っ払いたちが下から野卑な言葉をかけ、〝もっとガソリンをやれよ〟、警官が止めなければ、今にもその柔らかい肉に歯を立てて、貪り食わんばかりだった。ブランドはこんなに笑ったのは生まれて初めてだった。ヒステリックに涙をにじませ、倒れないように塀や仲間の体につかまった。コカインとビールで脳みそが活気づき、笑いすぎてお腹が痛かった。ビジャガルボサのカーニバルの名高い仮装行列で、思いきり騒いで日頃の憂さを晴らそうと、ホモの軍隊やゲイ、トラボルタ・ドレスに身を包んだオカマたちが州のあちこちから集まってきていた。ぴちぴちのレオタードに肉を押し込んだバレリーナや、蝶の羽をつけたフェアリー、セクシーな赤十字の看護師に、筋肉隆々のチアガールや体操選手、怪しげな女性警察官に、腹がつき出たハイヒールのキャットウーマン。若者たちを追い回しているウェディングドレスの美女、農場主たちの口にキスをしようとする、尻も胸も巨大な道化たち、エイリアンのアンテナをつけて、原始人の棍棒を持った白塗りの芸者、頭のおかしい修道女やスコットランド人、体はマッチョだが、黒いサングラスをとると、眉毛を抜いて、ぴかぴかのアイシャドーを塗った目から色っぽい視線がのぞくドラァグクイーン、一緒に踊るとビールをおごってくれて、けしかけるととっくみあいになって地面をころげまわり、かつらやティアラを奪い合って、地面に血やスパンコールをばらまく女装した男たち。入り乱れて騒ぐうちに、あっという間に時は過ぎ、ブランドが気づくと夜明け近くになっていた。仲間たちはコカインを調達してもう一遊びするために、ムンラに頼んでラ・サンハに乗せていってもらおうと言い出し、ふいにブランドはバンに乗って、マタコクイテに向かってふらつきながら運転するムンラを眺めていた。あれはおそらく、さんざん酔っ払って、さんざんラリって、騒ぎまくっていたせいだろう。いつ乗り込んだのかブランドはわからなかったが、いつのまにか、緑色のワンピースを着た女の子が車内に紛れこんでいた。誰も見たこともなければ名前も知らなかったが、その子はいっこうにかまわないようすで、べろべろに酔っぱらって朦朧としながら盛りがつき、よろけながら誰かれかまわず手をのばして、チンポを握ろうとしてきた。脱がしてしまおうと、最初に言い出したのはウィリーだった。おっぱいを丸出しにして、乳を絞るようにもんで、荒っぽく乳首をひっぱると、その子は喜んで喘ぎ始めて、やって、このままみんなでやって、とせがみだしたので、言われた通りにしたのだった。全員がやった。最初に恥知らずのウィリーがやり、ムタンテ、ガタラタ、ボレガ、カニトが後に続いた。運転していたムンラは、豚のような連中にシートを汚されると渋い顔をしてバックミラーで見ていただけだった。ルイスミもしなかった。クスリでぼうっとなり、前の座席で窓ガラスに頭を押しつけて眠りこけていたからだ。そしてブランドは、引きつけられると同時に驚愕してみなのすることを見つめていた。その子の黒ずんで毛深い性器はひどく臭く、かぐと腑《はらわた》がねじれそうになった。女のあそこっていうのは、こんなに臭いのか？あの犬のビデオの子の愛らしい割れ目もか？　やめてくれよ！　窓のほうを向いて、葦原の上に広がる淡い水色の空を見ているほうがよほどよかったが、少しすると、みんなが呼び始めた。ブラーンディ、ブラーンディ、おい、あとはおまえだけだぜ、ブランディ。入れろよ、起きる前にさっさと入れちまえ、ウィリーが言った。その尻軽娘は、どういうわけか、やりすぎたせいだろうか、意識がなかったが、みんなはゲラゲラ笑いけしかけた。入れろよ、ブランド、今すぐつっこめ。ブランドはやりたくなかったが断ることもできず、後部座席に移り、こんな連中の前で間違っても尻を見せるものかと、ズボンを下げず、ブリーフの前開きからペニスをとりだし、女の子の立てた脚の間にひざまずき、祈る神などいなかったが全身全霊で、どうか勃ちますように、ちょっとでいいから固くなって、やってるように見せかけられ、みんなにこけにされずにすみますようにと祈った。目をつぶって、あの女の子と犬を思い浮かべ、あとちょっとでいける、右手の指でそれとなく皮をひっぱって、ねちょねちょした穴にどうにか先っぽを差しこめると思ったときだった。いきなり何かなまあたたかいものが腹を濡らすのを感じた。目を開くと、ズボンの前開きとTシャツの裾の部分がどんどん黒ずんできて、ブランドはぎゃっと嫌悪の叫びをあげ、後部座席のスライドドアに肩をぶつけた。まわりの連中は一瞬言葉を失ったが、次の瞬間、まだその子が小便で濡らし続けているブランドの股間を指さして笑いだした。しょんべんだぜ！　下品な笑い声が巻き起こった。やりながら、しょんべんしてんの！　きったねえ、こいつ、クソだぜ！　ブランドがその子にとびかかり、げんこつで顔を殴りつけても、笑うのに忙しくて誰も止めに入らなかった。だから、パブロの店の五十メートル手前でムラが車を止め、臭いとぼやき、そいつをここでおろせと要求したのは幸いだった。そのままやらせておいたら、ブランドは、チンポと服を小便で濡らされ、仲間たちの前で赤っ恥をかかされた腹いせに、その子をぼこぼこにして歯を折り、ひょっとして殺すまで殴り続けたかもしれなかったから。もう何年もたつのに、いまだこの事件のことをむしかえしてごろつきどもはからかってきた。だが、かっかする様子でも見せようものなら、冷やかしはさらにエスカレートするとわかっていたので、ブランドは黙って耐えていた。たぶんだからだった。みんなの目をそらして、あの出来事のことを忘れさせたくて、それに毎日自分の手でやるのにいいかげんいやになって、ブランドはレティシアの愛人になったのだった。彼女は、ドン・ロケの店でばったり会うたび、ブランドの髪をひっぱってくる、十歳ほど年上の尻のでかい黒人で、毎日パロガチョに通う、石油関係の会社の社員の妻だった。一日じゅう一人だから退屈でたまらない、とタバコを買いにいったときに誰かと居合わせるとぼやいていた。ブランドは彼女と話したことはなく、会っても、彼女の視線を無視していた。ドン・ロケが路上に置いているビデオゲームで、近所のガキを負かすのに忙しかったので、話しかけもしなかった。だが、後ろからじろじろ無遠慮に見るのを気づかれていたのだろう。殴られ、噛まれ、罰せられるためにこの世にもたらされたかのような、そのぷりぷりとした尻を、彼女は彼の前で左右に大きく揺らしてみせた。そしてある日、公園の仲間たちといるときに彼女に手招きされ、ブランドは家までついていくしかなくなった。後で戻ったとき、彼女がドアをあけて、ブランドを中に通すなり何も言わずにスカートをまくりあげ、下着をつけていない尻を見せたことを話すと、ついてんじゃねえか、と騒ぎたてられた。で、やったんすよ、まず玄関で立ったまま、次に居間のソファーにもたれて、最後は夫が仕事から早く帰ってきやしないかと、二階の窓のカーテンの隙間から彼女が外をちらちらうかがっているところを。彼女は、夫と寝ているベッドでするのを拒み、さらにペニスをくわえるのも、好きじゃないの、ザーメンの匂いが気持ち悪いと言って拒んだ。こっちはあんたのおまんこの臭いで吐きそうだとブランドは思ったが、口には出さなかった。居間のソファーに四つんばいになった女を後ろからやるのは最高だった。彼女はもだえ、求めてきた。髪をひっぱって、お尻をもんで、開いて奥まで入れて、今よ、入れて、射精してと。ただ問題は、ブランドがいけないことだった。もちろんそんなことは、みなに話さなかったし、とうのレティシアは気づいていないか、淫乱なので気にかけなかった。彼女はブランドが会いに行き、ペニスをつっこみ、自分がオーガズムに達したならそれで幸せだった。ブランドはこれまでで最高の愛人だ、誰より気前よく、一番長く楽しませてくれると言っていた。ブランドが後ろで喘ぐ間に九百回いけると豪語していたが、ブランドは回を重ねるごとにくたびれ、汗みずくになり、げんなりした。オーガズムのたびにレティシアの悪臭はいっそう強まり、最初の快感は嫌悪に変わり、鼻をつく臭いで吐きそうになった。目をつぶって、あの犬の女の子のことを、あの子の割れ目のことを、フランボワーズの蜜の味がするに違いない、繊細で無害な恥部のことを考えてもダメだった。レティシアのヴァギナという痛烈な現実と、魚屋の下水のような臭いでブランドのペニスは萎え、いくふりをよそおうしかなかった。ブランドはペニスを引きぬくと、ただちにトイレにかけこみ、ぬるぬるしている空っぽのゴム製品をはずしてトイレに捨て、手とペニスと睾丸と、レティシアの陰部が触れたすべての箇所を洗い、時にはそれでもまだ臭う気がして、家に帰ってから何度もシャワーを浴びた。公園の連中には、そういうことは話さなかった。彼らには、後ろから襲いかかったとき、下腹にあたるぷりぷりした尻の感触がどんなにすばらしいかを事細かに描写してみせた。時には、たとえばレティシアがチンポをしゃぶるとか、顔や胸に射精してくれとせがむといった、ポルノビデオから仕入れた、実際はしていない作り話も加えた。だが、レティシアをぶっ殺して、家に行くのもセックスするのもやめたくなることは話さなかった。そうは言ってもブランドには彼女が必要だったからだ。下卑た体験談で仲間たちの気をひき、小便をかけてきた子のことでからかわれないために、むちむちの尻や、甘いうめき声、しまっているが腐った陰部という現実は、なくてはならないものだった。なぜなら、クソ野郎どもときたらまだあのエピソードで彼をからかってくるのだ。彼らは、動くものとなら何とでもセックスし、時にはアルコールやドラッグを買う金めあてに、時にはただ快楽を求めて、カーニバルの期間、ビジャにおしかけてくるゲイたちともやった。最初のころブランドは、そういうことがおぞましく、屈辱的に思えてならなかったが、いつしかみなの理屈に流されていった。おまえ、男の竿をなめたことないのかよ、コカインのせいで呂律の怪しいウィリーが言った。もったいねえ、ボレガが続けた。いいカモだぜ。ゼニくれて、酒も飲ましてくれんだから。目ぇ、つぶってりゃいいんだ、ムタンテが言った。誰でもいい、ほかの女のこと考えて、なめさせときゃいい。マジでおまえ、ゲイとやったことねえのかよ、にやにやと小バカにした笑いを浮かべて彼らは言い募った。膝をついてタマをしゃぶらせてやったら、子犬みてえにキュンキュン言うぜ。そう言って連中は、何かにつけてブランドをからかってきた。ブランドは、ホモのケツを追いかけるスケベ野郎と言って、みなをバカにしようとしたが、最後は逆にうぶなお子様呼ばわりされることになった。なんせ、チンチンにしっこをかけられたんだもんな。だが、ゲイがどれもこれもハチミツがけのパイのように極上というわけではないのは、ブランドも気づいていた。ウィリーや公園の連中（なんと、ルイスミまで！）がやるゲイの大半は、木曜日から土曜日にかけて若々しい肉体と瑞々しいペニスを求めてビジャの酒場に集まってくる、腹の出たホモだった。あの魔女みたいな、醜い、半分いかれたおやじだ。ラ・マトサのサトウキビ畑の真ん中にある不気味な家に閉じこもって暮らしている、魔女と呼ばれる女装した男のことを思い出すと、それだけでブランドはぞくっと鳥肌が立った。トランスだからではなく、子どもの頃、家に帰れと言われてもいつまでも外で遊んでいると、そんなことしてたら魔女にさらわれると母親に脅されてきたからだ。ある日、ちょうどそう言われているときに、偶然、その人物が通りかかった。母は、ビジャに時々現れるその人を指差してブランドに言った。そら、おまえを連れに魔女が来たよ。目をあげると、黒ずくめの服を着て黒いベールで顔を隠した、その奇妙な人物が目の前にいて、ブランドは家にすっとんで帰り、ベッドの下に逃げこんだ。あまりの恐ろしさに、そのあとしばらく外に出て遊ぶこともできなかった。その恐怖は、時とともに記憶の裏庭に葬ったつもりだったが、仲間たちと魔女の家にバカ騒ぎをしに行くたびに蘇ってきた。魔女は、ほとんどひきこもって暮らしていて、家にしばらくいてくれる若者たちに、ビールやアルコールや時にはドラッグをふるまった。ラ・マトサの精糖工場の裏手にあるサトウキビ畑の真ん中にぽつんと建つ、ひどく醜い不吉な家は、ブランドには、地面に半分埋もれた、死んだ亀の甲羅のように見えた。薄汚い台所に通じる小さなドアから灰色の薄暗い家に入り、廊下を進んでいくと広々とした居間に出た。居間はがらくたやゴミ袋だらけで、奥に二階にあがる階段があったが、登ろうとすると魔女が怒りだすので、誰も登ったことがなかった。階段の真下に地下室のような部屋があって、魔女はそこでパーティーを開いた。安楽椅子やスピーカーや、マタコクイテのＤＪクラブにあるような色とりどりの照明まであって、魔女は彼らをその地下牢のような部屋に招きいれると、いったん姿を消し、ベールをとって、けばけばしいメイクをし、ラメをまぶしたかつらまでかぶって現れた。そして、客たちが酔っ払い、庭でとったマリファナや、雨季に牛糞の下からはえてくるきのこで作ったシロップ漬けなど、あらゆる幻覚剤——壁が溶け、顔はタトゥーだらけになり、魔女には角と翼がはえ、皮膚は赤く、目は黄色くなった――ですっかりラリって、日本のまんがのキャラクターのように目を輝かせ、口をだらしなく開けるのを見はからって、スピーカーから音楽を流し、部屋の奥にしつらえた、スポットライトに照らされた舞台のようなものにあがった。そして、高音がほとんどかすれただみ声で、ブランドの母親が家事をしながら流している、なじみの曲を、歌うというよりがなりたて始めた。村のロマンチックな歌謡曲専門のラジオ局が流している、〝ほんとにわたしはあなたに首ったけ、あなたを失うのが怖いの〟とか、〝恋人でもなんでもいい、あなたのものになりたい、あなた好みの女になるから〟とか、〝あたしの窓のむこうで、あたしの人生が去っていく、あなたといてもひとりぼっちで〟といった、もの悲しい歌詞の曲だ。魔女は、マイクを手に、目を空に泳がせて、振りまでつけ、まるでファンに囲まれて本物の舞台かスタジオに立っているかのようにほほえみ、時には泣きだしそうな顔をした。連れたちも、いつのまにかもぐりこんできた見知らぬ者たちも、近隣の農夫やゲイたちも、うっとりと、たぶん半ばあっけにとられて、惚けたように見ているばかりで、ひどい声で歌い続けている魔女をからかおうとする者も、黙れ、へたくそとヤジを飛ばす者もいないのが、ブランドには信じられなかった。本当のところ、ブランドは魔女の家に行ってもまったく楽しめなかった。コカインやらクスリやらでぼうっとさせられて、あの地面にもぐった甲羅に閉じこもって、母のラジオと同じ曲を魔女が歌うのを聞くなどごめんだった。魔女が飴玉のように配る錠剤をのむと、誰でもあほうのようになり、ほとんど目を閉じてへらへら笑い、眠気に襲われた。ブランドは、うっかり目をつぶって眠りこんだら、そこらに集まった、すっかり頭のおかしくなった連中に犯されるのではという妄想にとらわれた。錠剤をのめ、のめと、魔女があまりしつこくすすめるので、のんだふりをして、すぐにこっそり吐きだして座っていた椅子のすきまに押しこんだこともあった。そうやってしらふで見ていると、客たちは朦朧となり、椅子から床にずりおちて、色とりどりのライトの下で、おぞましい巨大なあやつり人形か、いきなり命を吹き込まれた悪夢のマネキンよろしく体を揺らしているキチガイ女に拍手もできないありさまだった。だが、一番衝撃を受けたのはその後だった。魔女が聞くにたえない歌をがなりたてるのにあきて、ルイスミがマイクを握って歌いだしたときだった。歌えと頼まれたわけでも無理やりひっぱりだされたわけでもないが、まるで一晩中その時を待っていたかのように、ルイスミがマイクをとり、目を半分閉じて、アグアルディエンテとタバコでつぶれた声で歌い始めた。だけど、嘘だろ、ルイスミ。あんなごろつきがこれほど歌がうまいと誰が予想できただろう。ネズミのような顔をした、やせっぽちで醜いヤク中のルイスミが、こんなに美しく、こんなに朗々とした、若々しく男らしい声を持っているとは。そのときまでブランドは、ルイスミというあだなが、歌手のルイス・ミゲルのように歌がうまいからだとは想像もしていなかった。有名な男前の歌手と似ても似つかない、日に焼けたちりちりの髪や、乱杙歯や、がりがりの風貌を残酷に揶揄したものと思っていた。〝きみはどうかわからないけど〟、ルイスミが歌った。〝僕は考えずにいられない〟、水晶のようにすきとおった声で、〝片時も頭から離れない〟、ふるえる弦のようなビブラートをきかせて、〝あの日のキス、抱きしめたきみ、あの日はあんなに幸せだったのに〟。ブランドは胸がつまり、鳥肌が立った。胃が痙攣する気がして、もしかしたら、あのクスリを吐きだしそびれたのではないか、これはみんな、アグアルディエンテをあんなに飲んで、ハッパをあんなに吸って、このおぞましい家にオカマと何時間もこもっているせいで引き起こされた幻覚か、でたらめな悪夢ではないかと思った。ルイスミの歌声にどれほど感動したかを、ブランドは誰にも告げなかった。魔女のパーティーに足を運び続けている本当の理由がルイスミの歌を聞くためだと認めるくらいなら死んだほうがましだった。通うようになってもう何年かたつが、魔女と話さなければならないとき、ブランドはいまだ首筋の毛が逆立った。やせた手脚をぎくしゃくと動かす魔女はいかにも醜く異様で、ふいに命を吹きこまれた、糸のないあやつり人形のようだった。ブランドは、自分からは決して魔女に話しかけることはなく、みんなが行くからついて行くだけだった。だが一度だけ、地下室のソファーに座って、魔女にチンポをしゃぶらせたことがあった。ルイスミは歌っていて、魔女の好きにさせないと追い出されそうだったし、そんな夜更けにサトウキビ畑の中をとぼとぼ一人でビジャまで帰る気になれなかったので、ブランドは仕方なく、〝きみはどうかわからないけど〟、チンポを出し、〝どうかもう一度味わわせて〟、オカマ野郎になめさせ、〝きみがくれた夜に〟、目をつぶり、ルイスミの歌を聴きながら、〝きみが感じさせた疲れを〟、だが、決して手は使わずに、〝きみがキスをした瞬間を〟、ボレガやムタンテが言っていたように、舌が彼のあそこを包みこんでいるあいだ、目をつぶってほかのことを考え、絶対に、絶対に、何があっても顔に触れたりキスをしたりはさせなかった。だって、ホモに気にいられて、ビールやドラッグをおごってもらい、セックスにつきあったり、口やケツの穴でいかせてやったりして金をもらうのと、ルイスミのように、魔女とキスしていちゃつく汚らしいブタ野郎になるのとは全然別の話だった。ルイスミがそういうことをするのを見ると、ブランドはなぜか激しい嫌悪を覚えた。にきび面のムタンテが魔女といちゃついていても、そこまでは思わないのに。おそらくそれは、男と男がキスするのをブランドが内心、気色悪い、男にあるまじき行為と思っていたからだろう。まっすぐで男らしくてかっこいいと思っているルイスミが、公然と魔女とキスしてみせるのがブランドには信じられなかった。ルイスミはブランドと一、二歳しか年が違わないのに、誰に遠慮するでもなく堂々と、自分のしたいことをした。毎日泣きわめく母親、酔っ払って家に帰るとばんばん胸を叩いてくる、ヒステリックで狂信的な母親に気をつかうことなどもちろんない。ルイスミは気のむくままに、好きなものをのみ、好きなことをして、やってる途中でチンポに小便をかけられたりせず、誰にもからかわれなかった。ルイスミは誰にもいじられない。ブランドにはそれがうらやましかった。だが、街道沿いの飲み屋にいりびたって、女の子やホモをあさるようになった頃、ブランドは、しつこくルイスミを追ってくる影の存在に気づいた。ルイスミの従姉のラガルタだった。がりがりにやせた不細工なその女は、ときどきかんかんになって店にのりこんできて、みんなの目の前でルイスミをひっぱたき、店からひきずりだそうとした。いったい何があったのか、なぜそこまでルイスミを目の敵にするのか、誰にもわからなかったし、仲間にそれをからかわれても、ルイスミは悲しげに笑うばかりだった。噂ではラガルタは、ルイスミが体を売っているところを捕まえようとこっそりようすをうかがっているのだとか、祖母の財産をルイスミに相続させまいとやっきになっているのだとか言われていた。ルイスミは見かけほどバカではないので、いつもラガルタをするりとかわしてホモとやっていたが、ある日、彼女は魔女の家に現れた。その夜、ブランドはたまたま外に出て、台所のドアのすぐ脇にある、こんもりとしたタマリンドの木の下でハッパを吸っていた。パーティーの騒々しさに疲れて、マイクを握ってがなりたてる魔女の声にも、ひどい歌に連中がかける黄色い声にも、色とりどりのライトにもうんざりして、一人で庭に出てハッパをやりながら、広がった瞳孔で夜を眺めていた時だった。虫の声とサトウキビ畑を吹き抜ける風の音だけをお供に、マリファナの葉にコカインの粉をまぶして薄い紙で包んだタバコを吸っていると、意地の悪い風が火を消そうと吹きつけたとたんにふわっと蒸気があがり、心地よく頭がくらっとした。コカインのせいでいつもよりも目が冴えていたからか、庭の暗さに目がすっかり慣れていたからか、まだ火のついている吸いさしをザワザワ風に鳴るサトウキビ畑の奥に放り投げたちょうどそのとき、ブランドは、田舎道をこちらにやってくる人影に気づいた。砂まじりの道を、背を丸めて黙々と進んでくるやせた人影。目を凝らすと、すぐに誰かわかった。ルイスミの従姉、ラガルタと呼ばれているうざったい女だった。タマリンドの枝がかぶさっていたし、台所のドアの上にぶらさがった電球で、狂ったようにまわりをとびまわる巨大な羽虫同様、目がくらんで、まだあちらには彼の姿が見えていないに違いなかった。そこでふとブランドは、意地の悪いことを思いついた。人影がうんと近くに来るまで息を殺して待ち、彼女がドアを開けようと鉄格子に手をかけた瞬間に、不気味な低い声で、どこ行くんだ？　とたずねたのだ。ラガルタは、ギャッとけがをした鳥のような声をあげて、恐怖に顔をひきつらせてとびすさったので、ブランドは腹をかかえて笑った。ブランドが木の下から出ていき、電球の明かりがその顔に浮かんだ嘲笑を照らしだすまで、息をのんでタマリンドの木を見つめていたラガルタは、驚きのあまり下着にもらしたに違いなかった。これまで直接ひきあわされたことはなかったが、ラガルタは彼が誰かわかったようだった。何考えてんのよ、バーカ。驚きからか、怒りからか、声がうわずっていた。心臓が止まるかと思ったでしょ。ブランドはまたしても声を立てて笑った。彼女は背を向けて、ドアの鉄格子を引いた。ブランドは彼女の前に出て肩に手をかけ、再び、どこ行くんだ？　とたずねた。彼女は、その手を乱暴にふりはらい、歯をむいた。あんたに関係ないでしょ、クソガキが。ブランドは、冷たい怒りのようなものが湧きあがってくるのを感じたが、平静を保ちながら、唇をひきつらせてにやりとし、両手をあげて、手のひらを見せながら言った。そうすね、あんたの言うとおりすよ。俺は関係ない。入っていいすよ。でも、わめいてとびだしてきたって知りませんからね……。彼女はブランドをキッとにらみつけて中に入っていったが、台所の暗がりの中に消える寸前にぱっとふりむいて吐き捨てるように言った。この悪魔、あんたって悪魔だね、サイテー。ブランドはついていこうとしなかった。鉄格子を両手でつかんで、ドアのところに立っていた。たぶんコカインのせいだろう、ふいに吐き気がして、心臓がばくばくしたからだ。そうでなければ、ルイスミの従姉が地下室におりて何が起こるのか、飲み屋でしたように金切り声をあげてルイスミに飛びかかって殴りつけ、騒動にならないかどうか、見たくてたまらなかったのだが。しかし、その夜はあてがはずれた。中からは抗議の声も怒声も響いてこず、聞こえるのは魔女の歌声だけだった。〝愛人にだって、なんにだって、わたしはなるから〟、庭では夜が更けていき、〝あなたの望むものに〟、風に揺られて木の葉がザワザワと鳴り、〝王女、奴隷、それとも女〟、カエルやセミが月に捧げるセレナーデはやむことがなかった。〝だけど、お願い、あなたといさせて……〟。不意にガシャガシャと鉄格子が揺れて、暗い台所からラガルタが現れ、ブランドを押しのけて野道のほうに逃げていったが、彼が予想したようにわめくことはなく、悪魔に追われるように駆け去っただけだった。一時も音楽はやまなかったので、何があったのかとブランドが中に入ると、地下室にたどりつく前に廊下でルイスミと鉢合わせした。ルイスミはひどく取り乱し、恐怖で歯の根が合っていなかった。嘘だろ、最初にそう言った。おまえ、俺の従姉に会わなかったか？　ブランドは、ルイスミの肩に手を置いてなだめるように言った。まさか、気にしすぎじゃないすか。俺、外にいたけど、誰も見ませんでしたよ。ルイスミは戸惑った。でもはっきり見たんだぜ、下の部屋をのぞいてるのをはっきり。ブランドはにやりとした。クスリのせいじゃないすか。ただの妄想すよ。俺、外にいたけど、誰も見ませんでしたって。けど、けど……。ルイスミはそれ以上何も言わなかったが神経をたかぶらせて、その夜はそれきり舞台で歌うことはなく、意識がなくなるまで飲んで、

飲んで、飲みまくった。ルイスミが祖母や従姉たちのところではなく、母親の家にいるとブランドが知ったのは、その数日後のことだった。だが、母親とうまくいっていないので、魔女と暮らしているようなものだった。街道の飲み屋にいなければ、魔女のところに入り浸るか、ビジャの鉄道の古い倉庫裏の引き込み線のところにたむろしていたからだ。倉庫裏にいるというのは、実際見たわけではなく、ただ噂で聞いた話だった。事実なら相当たちが悪かった。コカインを買う金欲しさにホモとやるのと、廃屋になった倉庫の裏の草むらで、四六時中、ただ快楽のためにホモとしゃぶりあってカマを掘るのとではわけが違う。おぞましいことに、倉庫裏では誰も金を取らないのを知らない者はいなかった。ブランドは一度、本当にルイスミがマタコクイテの兵舎から来た兵隊たちと廃線のところでただでやっているのか、さかりのついた犬みたいに輪姦されているのか確かめてやろうと、怖いもの見たさで跡をつけかけたことがあったが、そんなところをうろうろしていたら、自分まで同類と思われそうでやめにした。そしてときどき、エル・メテデロの便所で金めあてでホモたちにチンポをなめさせているとき、目を閉じて、亀頭を愛撫しているのがルイスミの舌だと想像した。そうすると、すごく硬く勃起して、ホモたちがため息をもらして順番に激しくむしゃぶりついてきて、ブランドは、例のエンジニアが来たときにルイスミが見せるみだらなまなざしを思い出しながら射精した。石油会社のエンジニアだという、頭が半分はげあがった、腹の出たホモ野郎は、毎週金曜日に仕事が終わるとエル・メテデロに現れて、ルイスミと並んでウイスキーを飲んだ。まるで長年つれそって、もう何も話す必要のなくなった夫婦か古い友人のように、二人がただ黙って酒をすすっているようすはひどくちぐはぐだった。ぱりっと糊のきいた長袖のワイシャツを着て、毛深い手首に金のブレスレットをのぞかせ、ズボンのベルトに最新機種のスマホをはさんでいるエンジニアと、胸をときめかせたティーンエイジャーのように彼を見つめている、いつもサンダルばきで泥だらけの足をした、髪がぼさぼさのルイスミ。ちょっと目をはなして視線を戻すと、もうそこに二人の姿はなく、そんなとき彼らは、エンジニアの車の中でセックスをしに人けのない場所に行ったか、同じ幹線道路沿いにあるモーテル、パラディソの部屋にいた。ブランドは、エル・メテデロの庭の隅で二人がキスしているところに出くわしたことがあった。禁断の恋をしている恋人たちのように薄暗いところで、目を閉じて唇を合わせ、エンジニアの両手は、愛しい女にするようにルイスミの尻をみだらな手つきでなでまわしていた。おい、何だよ、てめえ！　二人が同時に叫んだときには、ブランドは店内に駆けこんで、今見たことをぶちまけていた。ルイスミとエンジニアはできてますよ！　ルイスミはホモのクソ野郎ですよ！　へえ、じゃあ一番にやるのは誰だ？　ボレガがゲラゲラ笑った。みなはビール瓶で乾杯し、ルイスミのがりがりの尻にどうやったらチンポが入るかとか、なめてもらったらどんなだろうとか、想像しだした。ブランドは思い浮かべてむらむらしてきたが、その日はやりたがる男はいなかったし、あのホモ野郎とよろしくやっているルイスミが帰ってくるとは思えず、家に帰り、罪深い声をあげながら、つばをつけた手で自慰をした。ルイスミの後ろから挿入して、四つん這いになったルイスミも自分と一緒にいけるようにしごいてやって、やせっぽちの垢まみれの犬みたいなルイスミがいくところを想像した。ホモのエンジニアが来るのが見えると、ルイスミはうれしそうに尻尾を振る犬みたいに熱くなった。エンジニアがどんなにいかしているかだの、石油会社で雇ってくれるだのというようなことをさかんに話すので、ルイスミがそいつに夢中だというのは魔女も勘づいていた。石油会社で働くなど、妄想もいいところだった。ルイスミは小学校だってろくに出ていなくて、セックスをする以外に何も能がなく、まともな判断力のある人間なら道路清掃員にさえ雇うはずがなかったのだから。そして、もちろん嫉妬からだろう、魔女はルイスミが仲間と訪ねていくと嫌がらせをするようになり、カーニバルの少し前には、ルイスミが金を盗んだと言って大騒ぎになった。自分はやってない、ラリって誰かにすられたか、どこかで落としたかもしれないけれど、盗んでなんかいないとルイスミは言い張って、二人は仲間たちの見ている前でとっくみあいになり、魔女がいきなりルイスミを拳骨で殴ると、ルイスミが魔女にとびかかっていって首をしめあげたので、みんなは引き離しにかかった。しまいに魔女はアニメの登場人物がするように床の上で足をばたばたさせて泣き叫び、そのあいだにルイスミは飛びだしていった。ブランドは走ってルイスミのあとを追い、サラファアナの店の前でやっと追いついて、盗んだ金でビールをおごって落ち着かせた。ひどい歌や見るにたえないパフォーマンスにつきあいに来てくれる若者たちに配るコカインを買ってきてくれと、魔女がルイスミに渡した二千ペソの残りだった。夜中の三時頃になって、ほかの客がいなくなり、魔女のことを愚痴り続けていたルイスミの声がかれてきてから、二人はサラファアナの店を出て、五百メートル先にあるルイスミの家まで歩いた。ルイスミが俺んちと呼んでいるみすぼらしい小屋に着くと、地べたにじかにおいてあるマットにそろって倒れこみ、ルイスミはすぐに眠りこんだ。ブランドはといえば、仰向けになってルイスミの寝息を聞きながら、服の上からペニスをいじるうちに、欲望が、ルイスミを自分のものにしたいというろくでもない欲望がつきあげてきて、思わずズボンをおろし、ルイスミの顔の前にひざまずき、うっすらとあいたルイスミの口にペニスの先を近づけると、厚ぼったい唇がいきなり開いて、すっぽり根っこまでペニスがくわえられ、ルイスミの舌が包皮を包みこむのを感じた。とたんに、痛いほど激しく体が痙攣し、ブランドは瞬時にいった。それがその夜覚えている最後のことだった。そのまま気が遠くなり、そこで記憶が途絶えた。ルイスミの口の中で経験した初めての強烈なオーガズムにブランドは頭が真っ白になり、翌朝、マットの上でひどい頭痛とともに目ざめたとき、足首のところでズボンがくちゃくちゃに丸まり、自分の肩に頭をあずけたルイスミのもしゃもしゃの髪を右手がまさぐっているのに気づいて恐ろしくショックを受けた。本能的に飛びのくと、ルイスミの頭はそのままくたっとマットに落ちたが、ルイスミは目を覚まさなかった。次にブランドがしたのは、ズボンをあげて、ドアがわりの板をどけて、道路のほうにかけだし、ルイスミの離れから出るところを誰にも見られていませんようにと一心に祈りながらビジャに向かう最初のバスに乗ることだった。口の軽いムンラには、間違っても見られたくなかった。だが、家に着いてシャワーを浴び、股間の陰毛にこびりついた精液をきれいに流し、裸のままベッドに身を投げだしたところでブランドは、自分がとんでもない間違いをおかしたことに気づいた。やらなければならなかったのは、臆病なホモみたいに逃げだすことではなく、眠って抵抗できないうちにルイスミにとびかかり、手で、いや、ベルトならもっといい、首をしめることだったと。そうすれば、ルイスミとの間にあったことをみなに知られたのではないか、顔を合わせたら、ホモだのオカマだのすけべ野郎だのとみなにからかわれるのではないかとおびえて、カーニバルの間じゅう、母親と家にこもらずに（母親は大喜びだったが）すんだだろうに。灰の水曜日からさらに一週間待ってから、ブランドは、ズボンのポケットに手をつっこみ緊張で腹をごろごろさせて、真新しいアディダスのシューズをはいて公園に顔を出したが、誰にも知られていないようだとわかってほっと胸をなでおろした。たぶん、あの夜、ルイスミはすっかりラリっていて、二人の間に何があったか、あのこぎたないマットの上で何をしたか覚えておらず、誰にも何も話さなかったのだと、それから二週間たつまでは思っていたのだった。ところが、そうではなかったとわかったのは、二週間後の三月の初めのことだった。その日ブランドは、道路沿いに開店したばかりのカグアマラマという店で、ルイスミがぞっこんの、あのエンジニアと偶然出会った。言葉を交わしたことはなかったが、エンジニアは彼の顔と名前を知っていて、ウイスキーをおごりたがり、ボトルが半分ほどあいたとき、コークを手に入れられるところに案内してくれと言い出した。ブランドが、エンジニアの車の助手席に乗りラ・サンハに案内すると、パブロ兄弟から二回分、買ってきてくれと頼まれた。それから二人は空き地に行って吸い――ブランドはタバコの先につけて吸うのが好きなので、そのときもそうした――、吸い終わるとホモ野郎はふうっとため息をついてブランドのほうに向きなおり、おもねるような笑みを浮かべて、ペニスをしゃぶりたくなったからズボンをおろしてくれないかと言った。聞き間違いだろうかと、ブランドはすぐにはこたえなかったが、ペニスをしゃぶりたいからズボンをおろしてくれと言われたのに間違いないと思い、ベルトをゆるめようとバックルに手をかけたとき、それがどういうことなのか、エンジニアの真意をようやくのみこみ、怒りに声をつまらせて言った。くたばれ、ばばあのケツでもなめてろ。この野郎、俺はホモとやる趣味はねえんだよ。すると、エンジニアは喘息の発作のような声をたてて笑いだし、なおも言い寄ってきた。なあ、しゃぶられたことがなけりゃ、好きか嫌いかわからないだろう？　ふざけんな、ブランドはますます腹を立てて怒鳴ったが、エンジニアはたたみかけた。なあ、やろうよ、いいじゃないか、やれば好きになるさ、かたいこと言うなよと、まるでブランドがいかれたホモの仲間で、口説けばそのうちほだされてズボンをおろして四つん這いになり、ラリった勢いでエンジニアに肛門をなめさせ、つっこませてやるといわんばかりに言いつのった。いいだろう、気持ちいいぞ、腹の出たホモ野郎は言い、舌なめずりまでした。血色の悪い舌が口ひげをなめるのを見て、ブランドは爆発した。うせろ、クソ野郎、そう言うとドアをあけ、車から降りかけた。するとエンジニアはゲラゲラ笑って言った。その気で来たんだろう、とぼけるなよ、ケツの穴をなめてやったら大喜びしてたって、ルイスミが言ってたぜ……。ブランドは、もう地面に足をおろしていたが、それを聞くと座席に戻ってエンジニアのほうに向きなおり、その顔面にいきなり頭突きをくらわせた。はさまってメガネが壊れ、生え際に感じた鈍い音と、コロンをぷんぷんさせたホモ野郎があげた悲鳴からすると、鼻の骨も折れたようだったが、ブランドはゆっくり確かめはしなかった。車から飛び降り、そのまま道路をつっきって、雑草だらけの原っぱを胸がやけつくまで走りに走って、やっと足を止めた。額から少し血が出ていたが、家に帰る頃にはもうかわいていて、何があったのか母親に聞かれもしなかった。クソホモ野郎。ルイスミめ、なんでべらべらしゃべりやがった？　なんで秘密にしなかった？　なんであのエンジニアなんかに話したんだ？　あの日、マットの上で目覚めた朝、どうして自分はルイスミを殺してしまわなかったのだろう。殺して、少ししかなくてもいい、盗んだ金の残りを持って逃げればよかった。ブランドはこのところそればかり考えていた。殺して逃げる、それればかり。学校なんてくだらない、時間の無駄だった。ドラッグも酒もあきあきし、もう楽しめなかった。友だちは、どいつもこいつもしょうもないごろつきだし、母親は、ブランドの父親がいつか帰ってきてまた一緒に暮らしてくれると信じつづけているバカ女だった。父親にはパロガチョにもう別の家族がいて、彼らをゴミみたいに棄てた罪悪感から金を送ってくるだけだというのを知らないふりしたがる哀れな女。母ちゃん、あいつは俺たちをゴミみたいに棄てたんじゃないか。祈って何になるんだ。もうみんな知ってることなのに、現実を認められないのは母ちゃんだけだぞ！　だが彼女は部屋に閉じこもり、ブランドの言葉にも、彼がドンドンとドアを蹴飛ばす音にも耳をふさいで、ほとんど悲鳴のような声をあげて祈り始めるのだった。ブランドは母親の顔をめちゃくちゃに殴り、蹴りつけてやりたかった。そうすればしまいにわかるだろうか。あるいはくたばって天国とやらに行って、ああ、神様、息子がこんなになるなんて、私が何をしたと言うのでしょう、私のかわいいりこうなブランドはどこに行ってしまったのでしょう、神様、あの子の体に悪魔が入りこむのをどうしてお許しになったのですかだのと、うっとうしく嘆かなくなるかもしれない。悪魔なんかいねえよ、クソばばあ、ドア越しにブランドがわめいた。悪魔はいねえし、あんたの大好きな神様もいねえ。すると母親は、ヒイッと叫んでますます一心不乱に祈り、息子の罵倒をかき消そうとした。ブランドは踵を返してバスルームに入り、鏡に映った自分の顔を見ているうちに黒目と、黒目の中の黒い虹彩がどんどん広がって鏡全体を覆い、恐ろしい闇がすべてを包みこむ気がした。燃え盛る地獄の炎さえよせつけない漆黒の闇。荒涼とした死の闇だ。のみこまれたら最後、誰が何をしようが逃れられない虚空。街道沿いの居酒屋で言い寄ってくるゲイたちの貪欲な口も、犬たちの集会の跡を追う夜の逃亡も、彼とルイスミがしたこととの記憶も、すべてをのみこむ闇。〝きみはわからないけど、僕はきみが恋しくなるよ〟、サラファアナの店のラジオが歌っていた、〝枕にもたれて、きみのことばかり考えてる〟、だが、ルイスミは歌おうとしないし、好きな曲がかかるといつもするように、何気なく口ずさみもしない、〝人びとと、僕の友だちと〟、ハイになっても、押し黙っていた、〝証人のいない町でも〟、いくらかけてもエンジニアが電話に出ず、街道沿いの店でもまったく見かけなくなったからだ。このあたりのサトウキビ畑はどんどん物騒になってきたから、ほかに河岸《かし》を変えたという噂が流れていた。ブランドは、ペニスをしゃぶってやると言われた日にエンジニアと何があったか、ルイスミには話さなかったし、ルイスミが彼にあの夜のことをべらべらしゃべったことをとがめもしなかった。そんなことをすれば、あの夜、実際にああいうことをしたのを自分から認めることになる。ブランドは、そうなったとき、現実に立ち向かう心の準備ができていなかった。だが、何日もエンジニアのことを思って泣き、飲み屋の便所や道端でゲロゲロ吐き続けたルイスミがそのあとしでかしたことも、とうてい受けいれられなかった。その夜、ルイスミは有頂天になってサラフアナにやってきて、みなに告げたのだ……。俺、結婚したぞ！　何言ってんだよ、バーカ！　マジかよ。結婚って、結婚か？　そうさ、ルイスミのバカはうなずいた。ノルマってんだ、シウダー・デル・バジェの子。嘘だろ！　昨日、公園にいた子か？　何人かは、ルイスミがみなに呆れられながら、その子をラ・マトサの家に連れて帰るのを見かけていたが、それが今度は妻だ、結婚だとは……。いいか、てめえら、驚くなよ、ノルマは妊娠してて、何か月かしたら、俺は親父になるんだ！　えーっ、ほんとかよ！　じゃあ、祝おうぜ！　仲間たちが叫んだ。そして結婚祝いと称して、その夜はみなべろべろに酔いつぶれ、ゲイたちは競って幸せいっぱいの新郎のあそこをなめたがり、ルイスミは久しぶりに生き生きと顔を輝かせ、もうハッパはやらないとさえ宣言したのだった。ブランドは、二度と繰り返すことのなかったあの夜の出来事を考えると、ふつふつと怒りがこみあげてきて、頭からあの夜の記憶を引っこ抜きたくなり、ほかに誰があの秘密を知っているのだろう、ルイスミは誰に話したのだろうという問いが頭から離れなかった。それともエンジニアは本当は何も知らず、ただ彼をひっかけよう、挑発しようとああ言ったのだろうか……。というのも、仲間たちからルイスミのことでからかわれたりいたぶられたり、それとなくほのめかされたりすることはいっさいなかったからだ。当のルイスミもいつもどおりで、まるであの夜のことはブランドの妄想であるかのように、まるで触れたりキスしたりセックスしたりしたことなど一度もないかのように、ごく普通に振る舞い、ブランドが公園に行くと、挨拶がわりにくいっと眉をあげ、いつもどおり拳に拳をぶつけてきた。エル・メテデロの庭でハッパをまわされたときも、ブランドはルイスミの顔を見ず、もちろん体に触れることもなく、まるで何もなかったかのように、すべては自分の空想だったかのように無言で受けとった。だが、そんなはずはなかった。だって俺は、男と寝ることばかり想像しているうす汚いホモじゃない、そうだろ? けど、ならどうして、みんなが飲んでるときやホモと交渉しているとき、必死でルイスミから目をそらさなきゃならないんだ? ルイスミが、あの日のことをみんなに話すタイミングを見はからっていると、どうして考えてしまうんだろう？　そんなことになるくらいならルイスミを殺したいという気持ちがどうして日に日に強まるんだ？　しなきゃならないのは、武器を手に入れることだけ、簡単なことだ。そして、殺すこと。これもそれほどやっかいではない。そして、死体を始末すること。おそらく用水路に放り込めばすむだろう。そして最後に、村から立ち去ること。誰にも二度と見つからないところに逃げるのだ。母親には間違っても見つかりたくなかった。ずらかる前に殺さなきゃならないかもしれない。眠ってるあいだに一発ぶちこむか、苦しまずにすむ慎ましいやり方で瞬時に片づけて、クソ天国とやらに送りこんでやろう。だいたい、あのクソばばあは役立たずなのだ。働かず、一ペソも稼がないで、教会にいるか、でなければ、テレビにかじりついてドラマを見ているか、ゴシップ雑誌で有名人の記事を読んでいるだけ。呼吸のたびに二酸化炭素を吐きだしていることくらいしか、世の中の役に立っていない。ぐうたらで、生きていても意味がない。殺すのは善意、お情けってもんだ。けど実行に移すまえに、金を手にいれなければならなかった。よその町に行って、住む場所を見つけて、仕事を手に入れるまでなんとか暮らしていける金、新しい自由な生活を始めるのに十分な金を。パロガチョに引っ越した父親が、冷淡で狂信的な妻からも、妻に盲従し、毎日曜日、侍者としてカスト神父を手伝い、マスをかくのは罪で、そんなことをしたら地獄に落ちると信じているバカ息子からも解放されてようやく築きあげたような自由な生活。くたばっちまえ、こんなクソみたいな町の奴らなんか、みんなくたばっちまえと、コカインでしびれた唇をなめながらブランドは思った。タバコの先にちょこっとつけたコカインはなんてうまいのだろう。なんとぐいぐい肺に入ってくるのだろう。火が大きくなったときにぐっと入る感じがたまらない。ねえ、ブランドは指を鳴らした。ねえ、これ、最高っすよ、どうすか？　ブランドはルイスミにすすめたが、ルイスミは歯並びの悪い歯を見せて笑って言った。いや、もうやめたから。クスリもな。もうビールとハッパだけにする。ウィリーは、カンクンでの冒険談をよくしていた。十七歳のとき家を出て、ペニンスラホテルでウェイターとして働いてゴキゲンだったと。ブランドは、カンクンで新しい生活を始めるにはいくらくらい金がいるか、彼にたずねてみたかったが、興味を示したら、何かたくらんでいると勘づかれそうでできなかった。三万ペソあれば足りると、ブランドは踏んでいた。三万あれば、カンクンまで行って、部屋を借りて、仕事を見つけるのに十分だろう。なんでもいい、レストランのウェイターでも下働きでも皿洗いでも。とにかくまずはどこか住むところを見つけて、それから英語を少し覚えて、ホテルの仕事を探そう。ホテルには、チップをくれたがるグリンゴ（アメリカ人のこと）のホモがごろごろいるだろうが、同じ場所に長くとどまるつもりはなかった。緑がかったトルコブルーのあの海を眺めて、あちこち移動しながらセックスして飲み歩くのだ。どうすか？　ハッパを吸いにエル・メテデロの庭に出たとき、ブランドはルイスミにもちかけた。ふいに、三万ペソの金をどこで手に入れたらいいか、思いついたのだ。魔女から奪うのだ。家に行って貸してくれと頼んで、いざとなれば盗んでもいい。魔女は金を隠してるって言いますよね、ルイスミ、すごくいい金になる昔の金貨を持ってるって。前に、魔女が動かそうとした家具の脚の下に金貨が一枚、はさまっているのを見つけた奴が銀行に売りにいったら、そのちゃちな古ぼけたコインが五千ペソにもなったらしいっすよ。魔女は何も知らなくて、家具の下にコインがころがっていたのにも気づいてなかったって。てことは、あの家のどこかに、金貨の詰まった箱だか袋だかがあるってことすよね。でなきゃ、どうやって暮らしてるっていうんです？　働いてないし、土地は精糖工場にとられたんでしょう。でなきゃ、ぐでんぐでんに酔っぱらったり、ひどい歌を聞いたり、ソファーでよろしく抱きあったりしに俺らが行ったとき、酒やドラッグをふるまう金をどこから出してるっていうんです？　考えてみてくださいよ。ルイスミ、それに金が見つからなかったとしても、あの家には金目のものがどっさりありますよ。地下室にあるスピーカーにオーディオセット、大型スクリーンにプロジェクター、金になりそうな物を、ムンラの車にごっそりのっけたらいい。金を払って、魔女の家まで車を出してもらうんです。上の部屋に絶対何か隠してますって。でなきゃ、いつも鍵をかけてるはずがないし、誰かが階段を登ったり、上に何をしまってるんだって聞いたりしたとき、魔女があんなに怒るわけがないっしょ。何を隠してんだよ。ブランドはわからなかった。そんないいもんか？　ブランドは見当もつかなかったが、ただ、勘づかれるといけないのでルイスミには口が裂けても言わなかったが、証人を生かしておけないのはわかっていた。魔女を殺して、ムンラのバカを逮捕させ、自分とルイスミはとんずらするとしても、いずれルイスミもかたづけなければならない。ただ、それはそこらじゅうに顔が知れているビジャから遠く離れてからだ。そうすれば、これまでルイスミから受けてきた侮辱と苦悩の仇をようやく返せる。ことにブランドは、ルイスミによれば妻だという、やせているが大きな腹をした、インディオっぽい顔をした子、話しかけても何も言わず、ただ顔を赤らめるだけのあの子が来てからのルイスミに我慢がならなかった。ルイスミがふらふら遊び歩いているだけだと気づかないなんて、あの子はよほど低脳だ。ビジャで警備員をしているなどという作り話をして、実際は腹の出たホモ野郎とよろしくやっているだけなのに。高校も出ていないくせに、石油会社のロゴが縫い付けてあるワイシャツを着て、ブキャナンズをちびちびやって幅をきかせ、運転手だの作業員だのエンジニアだのと名乗っている奴らと。いいじゃないすか、公園にルイスミが一人でいるところを見かけると、ブランドは言いつのった。金をぶんどってやりましょうよ。魔女をぶちのめして金をもらって、二人でこの町から永遠におさらばしましょうって。だがルイスミは首を横に振った。もう魔女なんか顔も見たくない、金のことで信じてくれないのが許せない、バカだの泥棒だのと罵られたのに、のこのこ行けると思っているのかと。ブランドは、毎日、ルイスミの顔を見るたびにせっついた。早く家を出たい、だってルイスミがいないと魔女は台所の鉄柵をあけてくれない、今だって魔女はルイスミを思って泣き、ルイスミはどうしているのだとみなにたずね、会いたがっていると誰もが知っている、ルイスミがあやまればきっと許してくれるし、殺さなくても向こうから金をくれるかもしれないと。だが、ルイスミはゆずらなかった。魔女には会いたくないし、村を出るつもりはない、ラ・マトサを出たくなんかない、ここにいるほうがいい、そのうちなんとかなるだろう、やけを起こしてなんになる、それにノルマは妊娠しているから、危ない目にあわせるわけにいかないと。ブランドはわけ知り顔でうなずいて言った。そうすね、そりゃそうすよね。だが、心の中では、ざけんなよ、クソやろう、もう我慢ならねえと思っていた。そして、もうルイスミには二度と頼むまいと心に決めるのだが、翌日になって顔を見ると、また口をついて言葉が出た。ねえ、ルイスミ、やりましょうよ。こんなとこ、おさらばしましょうよ。それしか考えられなかったからだ。朝に晩に、どうやって魔女を殺そうか、どうやって金をまきあげて逃げようか、どうやったら疑われずに金貨を金に変えられるか、あの夜、ルイスミのマットの上であったことにどうしたらけりをつけられるか、ルイスミが眠っているあいだにどうやって殺そうかと考えていた。聖週間の休みが終わると、ブランドは学校にも行かなくなった。勉強して何になる。どうせ何にも集中できないのだ。母親は彼に学校に行けとは言えず、彼が家にいるのを喜んでいるようでもあった。夜九時台のドラマを一緒に見さえすれば、ブランドが毎晩明け方まで飲みに行こうが、何をしようが気にとめなかった。そして彼のために祈り、神様とイエスと聖母マリアの手にすべてをゆだねて、起こるべきことが起こりますように、神のご意志がなされますようにと祈った。ブランドは母親にも、九時台のテレビドラマにも、コメディーの登場人物たちのバカ笑いにも、コマーシャルの甘ったるい音楽にも、天井でぐるぐる回るシーリングファンが立てる音にも、日ごとにますます嫌気がつのっていた。町もうんざりなら、ブランドがセックスをしたがらないと言ってさかんに電話をかけてくる黒人のバカな人妻レティシアにもうんざりしていた。彼女はブランドの子どもを産みたいという考えにとりつかれていた。夫とは毎日やっているができないので、きっと精子が足りないのだ、だから会いにきて、中で射精して妊娠させてほしい、赤ん坊は夫の子ということにして自分が育てるから、ブランドはただ彼女のあそこに汁を満たして、子どもを作ることだけ考えてくれたらいいからと言うのだった。おまんこに汁だって？　子どもを作る？　くたばれよ、このクソ女。このクソみたいな町に子種なんか残してたまるか。どんなにせがまれようが、どんなに金を積まれようが、ブランドはそんなことはごめんだった。金なら別の方法で手に入れられる。そしたらカンクンに行って、ウェイターになって、あちこち場所を変えながらグリンゴたちと飲み歩くんだ。退屈しないように、足がつかないように。やりましょうよ、ルイスミ、証人を作らないよう、誰にも聞かれていないときを見はからって、ブランドはせっついた。今度の月曜か、火曜か、来週、どうすか？　金をやったらムンラは連れてってくれますよ。着いたらドアを叩いて、あけてくれってルイスミが頼んで、中に入ったら、借りるか盗むか、どっちでもいい、とにかく金を手に入れて、そのまま逃げるんです。疑われないように鞄を持たずに、誰にも言わないで二人だけで。やりましょうよ、ルイスミ。でも、ノルマを連れていかなくちゃ、とルイスミ。ブランドはやれやれと首を振って、なんだよ、なんであんな子のことを気にするんだよ、ホモのくせに、と内心思うが、すぐに気をとりなおしてにっこりして言った。そりゃそうすね、嫁さんを置いてはいけませんね。「嫁さん」と言うと、口の中にクソの味が広がった。ルイスミに拒まれて、ブランドはいらだった。ふと、ひょっとしてルイスミは自分が騙そうとしていることを、ここからはなれたら殺すつもりでいることを勘づいているのではと不安になり、金を持たずに一人で出ていくことを数日間真剣に考えた。そんな金曜日の午後のことだった。ルイスミが珍しく、ブランドを家まで迎えにきた。げっそりとした顔をして、ノルマが――怒りをこらえて、歯をくいしばって話すので、何を言っているのか、すぐには聞きとれなかった――、妻が重症で病院に入って、二日も寝ていない、魔女のせいだ、魔女があいつに何かしたんだ、だから魔女のところに今すぐ行こう、おまえの言ってたことを今日やろう、と言った。今日だ、今すぐだ。こんちくしょう、今すぐ、今日やろう。ルイスミはふらふらで、立っているのもやっとだった。ブランドは、くたばれ、この野郎と言って、ルイスミをボコボコにし、どんなふざけたことを言っているかわからせてやろうとしかけたが、いや、これは待ちに待ったチャンスかもしれないと思い直した。いつやろうが、ルイスミがなんでその気になろうが、そんなのはどうでもいいじゃないか、こんなチャンスは二度とこないかもしれない、やって何の損があると。そこで、わかった、行きましょう、だけどその前に景気づけに一杯やりましょうと言って、自分の部屋に行って、黒いTシャツ――血しぶきが飛んでも目立たないようにと、賢明に考えた――に着がえ、その上にマンチェスターユナイテッドのシャツを着て、あり金を全部つかみ、母親には何も告げずに家を出て、逃げられないようにルイスミの腕をしっかりつかんでドン・ロケの店に寄ると、サトウキビのアグアルディエンテを二リットル買い、それを大型のピッチャーの中で、色素と毒だけでできたオレンジ風味の砂糖水と混ぜ、四人で飲んだ。というのは、公園に行く途中でウィリーに会い、そのあとバンでムンラがやってきたからだ。ブランドは正直、ルイスミが本気で言っているのか、まだ半信半疑だった。いつ何時、やっぱりやめると言い出さないとも限らないし、ムンラとウィリーの前でべらべらしゃべって計画を台無しにするかもしれない。だから、あれほどよれよれのルイスミが、公園のベンチでウィリーが酔っ払って寝入るのを待ってから、ムンラにラ・マトサに連れていくよう頼んでみせたので驚いた。ルイスミは自分が思ったほどラリっていなかったか、それともよほど真剣に魔女に復讐したがっていたのだろう。ムンラは、金をくれるなら、どこにでも連れていってやる、往復百ペソだと言った。ブランドは、とりあえず五十払って帰りに五十払う、今はそれしかないけど、後で残りを払ったら、稼いだ金で飲みに行こうと言い、ムンラは、くれなきゃどうなるかわかってるなとこたえ、三人は出発し、ああいうことが起こった。ああいうことが。魔女が逃げようと走りだしたとき、力加減もわからずに、ブランドはあれほど力まかせに松葉杖で殴ってはいけなかったのだ。頭蓋骨のちょうどまずい部分にくらった一撃ですぐさま床に倒れた魔女の顔を、ルイスミがさらに何度も蹴りつけた。それから、金のありかを吐かせようとブランドが何度も頬をはったが、魔女はもう一言も発さず、ただうめき、傷口からどくどく流れだす血で髪をぐっしょり濡らしてよだれを垂らすばかりになり、二人は自力で宝を探す羽目になった。家じゅうを物色するのにどのくらいかかっただろう。ムンラはほんの三十分ほどだったと言うが、ブランドは何日もかかったような気がした。二階の部屋を見ていくにしたがって絶望感は深まった。人の住んでいる気配がない、家具のほとんどない部屋。四方の壁のほかはベッドとタンスだけの部屋。あるいはベッドと椅子一脚だけ、あるいは中央にテーブルがあるだけの部屋。公衆便所のような、狭くて暗いバスルーム、締め切られた窓にかかっているカーテン、灰色の壁、わけのわからない絵、古びた死の耐え難い不快な臭い。どれが魔女の部屋なのだろう、魔女は夜、どこで寝ているのだろうと思い、ブランドはぞくっと背筋が寒くなった。二階の部屋はどれも使われている形跡がまったくなく、埃だらけの掛け布団がかかっている硬そうなベッドも、誰も休んだことがないかのように寒々としていた。部屋を眺め、虫食いだらけの古着が詰まったタンス、ゴミ袋、腐った紙を見ていったあと、不気味な廊下のつきあたりにある、ただ一つ鍵のかかったドアの前に出た。どうやら中から締め切られているらしく、ブランドが何度体当たりしても、ドアノブを何度蹴ってもドアは開かず、ルイスミが加わっても、びくともしなかった。ルイスミは、魔女をこらしめてやるという最初の意気込みはどこへやら、その頃には呆然となり、何もできなくなっていた。あったのは、台所のテーブルにのっていた二百ペソと、居間に散らばっていた一握りの普通のコインだけで、ブランドは、自分がとんでもなくバカなことをしでかした気がし始めた。手がわなわなして何もつかむことができないルイスミのかわりに、ブランドは物乞いのようにコインを拾い集めなければならず、狂気にかられて自分たちがしでかしたことに気づかされていった。魔女はほとんど虫の息で、ゼーゼーという荒い息とうめき声から、苦しんでいるのがわかった。ブランドはルイスミに、別の場所に運ばないといけない、すぐに見つからないように、山かどこかに棄ててこようと告げた。このまま家に置いておいたら、金曜日に来る女たちに発見され、自分たちも見つかってしまうかもしれない、だから、とっとと、今すぐどこかにやらないとと。そこで傷口からはみだした脳みそがこぼれないように、本人が身につけていたスカートとベールで頭をどうにか包みこんで二人で魔女をかかえあげ、車に押しこんだ。精糖工場のほうに向かったが、川にたどりつく前に曲がって用水路に出る道に入り、用水路のところで魔女をおろし、道の端までひきずっていくと、ブランドはルイスミにナイフを渡そうとした。ブランドが知る限りずっと昔から、魔女の台所のテーブルの上の、粗塩が敷いてある皿の上でリンゴにつきたてられていたナイフをブランドは抜きとり、どっちに行くかムンラに指示を出しながら、後部座席で握りしめていたのだ。が、いざとなるとルイスミが手にとろうとしなかったので、その手のひらに柄を置いて、しっかり握るように指を閉じさせてやらなければならなかった。魔女を見るのもいやがるルイスミを、魔女は苦しんでいるから、とどめを刺して早く楽にしてやらなければならない、魔女のためだ、とブランドは説き伏せた。ピストルがないので、ナイフでやるのだと。顔じゅう血まみれになって、後頭部からひどく臭い黄色いものを垂れ流しながら雑草の上で震えてうめいている魔女にナイフを刺すよう、ブランドはけしかけた。首につきたてるんだ。ぐさっと、一気に首を掻き切って。だが、いくじなしのルイスミは、血管にも届かないほど浅くしか刺せなかったので、魔女は目を大きく見開き、血だらけの歯をむくばかりだった。ブランドはもう我慢できず、ルイスミの傍に膝をつくと、ナイフを握ったルイスミの拳を両手でつかみ、渾身の力をこめて、一回、二回と、皮膚と筋肉を切り裂き、動脈の壁と咽頭の軟骨まで達するようにナイフをつきたてた。念のために刺した三回目で、頸椎が砕ける乾いた音がして、ルイスミは、手にも服にも靴にも髪にも唇にさえ返り血を浴びながら、ナイフを握ったまま子どものように泣きくずれた。ブランドは、彼の手からナイフをもぎとり、用水路に投げこまなければならなかった。その夜もう一度、ラ・マトサに戻らなければならなかったので、今度は母親とルイスミに突きたてるため、本当は拾ってきれいに洗い、とっておきたかったのだが。九時のテレビドラマと、ニュースが終わって、母親がうとうとしながらバラエティ番組を見始めたら、魔女の家に戻るのだ。ブランドは、息を切らした口に入ってくる蚊や、地面から突き出した木の根や、髪を乱し、額の汗を乾いた地面に吹き飛ばす強風と格闘しながら自転車をこいだ。だが、宝探しは、またしても空振りに終わった。居間は、死んだカタツムリの殻のように空っぽで、残響と嫌な静けさに満ちていた。地下室も、一階と二階のほかの部屋も同様で、もう一度すべての家具を動かして、ゴミ箱をひっくり返し、壁に寄せて積んであるゴミ袋をやぶってみたが、何も見つからなかった。何一つ。最後に、午後に開くことのできなかった、ぴったり閉ざされたあかずの間に向かい、膝をついて、戸板と床との隙間をのぞきこんだが、埃と暗がりと、廊下に充満する死の臭いがあるだけだった。家のどこかにマチェーテがあるだろうから、錆びたものでも振り下ろせば鍵がふっとぶか、少なくとも錠の部分の戸板を壊せるだろうと思い、階段を駆けおり、廊下の入り口に着いたとき、台所のドアの敷居のところからこちらを見ている、巨大な黒猫の黄色い目に気づいて、ブランドははっと足を止めた。家の中を物色しているあいだに誰も入ってこないよう台所のドアは閂をかけたのに、ふてぶてしくこちらを見ているその動物はどうやって中に入ったのだろう。ブランドは片脚をあげて蹴るふりをしたが、黒猫は動きもしなければまばたきもせず、結んだ口を開いて、恐ろしい唸り声をもらし始めた。ブランドはあとずさりし、もう一本ナイフがないかと、テーブルの上に視線をすべらせたが、その瞬間、家じゅうの明かりが消えた。その怒れる生き物、暗闇の中で唸っている黒猫は悪魔だ、悪魔の化身だ、長年自分を地獄に連れ去ろうと追いかけてきた悪魔が、とうとうやってきたのだとブランドは悟り、走らなければ、今すぐこの家から出なければ、この暗闇の中に、その恐ろしい化け物と共に一生囚われることになるとおびえて、台所のドアにとびついて門をひきぬくと、ありったけの力でドアを押し、耳をつんざく悪魔の唸りを背中で聞きながら、庭の硬い地面に転げだした。そして、泥まみれになって這いずって、やっと自転車を見つけると、ざわめく夜の中に走り出し、死に物狂いでサトウキビ畑の間でペダルを踏んだ。このまま虚無の中に迷いこみ、ペダルを踏んでも踏んでも同じところをぐるぐる回ったあげくに、用水路にたどりつき、そこで、喉をかき切られ、脳みそがはみ出し、歯を血で真っ赤に染めた魔女が待っているのだ、と恐怖にかられ、汗だくになりながら……。もう助からないとあきらめかけたとき、やっとビジャの町の最初の灯が見えた。墓地のそばの集落の明かりだった。人っ子一人いない目抜き通りにたどりつき、三十分後に家に着いた。母親が眠っているのを確かめてから、手と顔についた泥を洗い流そうとバスルームに入ったが、ふと視線をあげて曇った鏡に映った自分の顔を見て、ブランドは「わっ」と声をあげそうになった。目のかわりに二つの光の玉があったからだ。落ち着きを取り戻すのに数分かかり、鏡の中の自分からの攻撃を恐れるように、ブランドは洗面台の前で目をつぶり、恐怖に髪をさかだたせて突っ立っていた。どうにか気を落ち着けてもう一度目を開けると、一面曇った鏡には、悪魔の目のような不気味な二つの光の玉ではなく、いつもの自分の目が映っているだけだった。くぼんで充血して絶望しきった、くまのあるごく普通の目だ。ブランドは顔と胸と手を洗い終えると、自分の部屋に行ってベッドに横になり、寝つかれないまま、何時間も天井を見ていた。〝君はどうか知らないけど〟、きっと今頃ルイスミも寝つかれずにいるだろうと思った。〝朝が来るたび僕は君をさがす〟、ルイスミは、あの小屋のマットの上で目を開けて彼を待っているのだ。〝この気持ちは抑えられない〟、ブランドが隣に行き、自分たちが始めたことをやりとげるのを待っている。〝僕が眠る夜〟、あの薄汚れたマットの上で、〝不眠症で〟、やりかけたままになっていること、〝病んでいるなら〟、セックスすることと殺し合うこと、たぶんその両方を同時にやりとげることを。金を手に入れられなかったことを思いだし、屈辱感に涙があふれた。ともかくなんとしても逃げようと最後に考えた。どこかに潜む場所をさがそう。パロガチョにいる父親と連絡をとれたら、何日かかくまってもらえるかもしれない……。ビジャからそう遠くないが、パロガチョなら警察が捜査を始めたときに、とりあえずの逃げ場になるだろう。このいまいましい町からも母親からもおさらばできたらどうなるだろうなどと、あれこれ考えるうちに、空が明るくなっていき、気づくとアーモンドの梢で鳥たちが歌っていた。一睡もせずにブランドはベッドから起き上がり、居間に行って、母親が電話の横においている手帳で父親の電話番号を探して電話をかけた。だいぶ長いこと呼び出し音が鳴ってからとうとう、ひどく迷惑そうな「もしもし」という父親の声が答え、ブランドはどぎまぎして挨拶し——もう何年も話していなかったので、今の低い声では自分だとわからず、恐喝の電話と思われて切られるのではと思った――、こんな時間にかけたことを謝り、嘘くさいお愛想をつぶやきかけたが、言い終わらないうちに父親が遮った。いったい何なんだ。これ以上金は送れないと母親に言え。そんな余裕はない……。電話の向こうで、赤ん坊が泣き始めた。ブランドは言った。わかりました。でも……。そろそろおまえが母さんをなんとかしてもいい年頃だろう。いくつになった、十八歳か？十九です、ブランドは答えた。母親が、何があっても捨てようとしないボロボロのネグリジェ姿で居間に入ってきて、電話を代われというゼスチャーをさかんにしたが、ブランドは無視して、挨拶もせずいきなり切った。母親が何事かと知りたがったが、ブランドは、黙れ、何でもない、ベッドに戻って寝てろとつっぱね、部屋に戻って、最初に目に入った服を床から拾いあげて着て、魔女から奪った二百ペソと小銭をつかみ、適当に何着かの清潔な服をリュックにつっこみ、廊下で泣きわめく母親には目もくれずにバタンとドアを閉めて家を出た。最初にとまったトラックをヒッチハイクするつもりで、目抜き通りを町はずれのガソリンスタンドまで歩いた。今すぐ村を出なければと思っていた。メーデーの連休には道が混んで、乗せようという運転手が少なくなるだろうし、急げば逃げる時間をかせげる。ポケットにはあの二百ペソしかないけれど、気前のいい運転手に出会って、ホモと寝て稼げばカンクンか国境か、どこでもいい、どこか遠くにたどり着けるだろう。けれども歩いているうちに、ルイスミのことが頭に浮かんだ。出ていく前に会っておきたいし、落とし前もつけてやりたい。一分ごとにますます腹が立ち、ますます悲しくなって、幹線道路にたどりつかないうちにブランドは踵を返し、家に向かって歩きだした。玄関のドアをあけたのは午後四時だった。居間の祭壇の前でひざまずいて祈っていた母親には一言も声をかけずに自分の部屋に行き、汗と埃まみれになった服を脱ぎ捨て、ベッドに横になると、十二時間ぶっとおしで夢も見ずに眠った。まだあたりが暗い時間に、冷たい汗をかいて目が覚めた。ベッドから起き上がり、台所に行き、コップになみなみと湯ざましをついで飲みほし、冷蔵庫をのぞいたが、母親が入れておいたフリホレスの鍋しかなく、ぜんぜん食べる気がしなかったので、ベッドに戻ってさらに十二時間、泥のように眠った。次に目が覚めたときは、最初自分がどこにいるかわからなくて、まるで寒いかのように、シーツにくるまった体全体ががたがた震えていた。四方の壁が崩れ落ちてくる気がして、服を着ると、空きっ腹と耳鳴りをかかえたまま外に出た。体がしびれているような気がして、肺に入ってくる空気がどろりとねばっこかった。角まで歩いて、曲がってドン・ロケの店に足を向けると、よく見る光景が目に入った。ドン・ロケの店先の路上の、その時刻にはしなびかけている野菜の箱の隣にあるゲーム機で、ストレートの黒い髪の、青白い顔をした近所の男の子が遊んでいた。名前は思い出せなかったが、顔は見覚えがある、このところよく見かける子だ。ずっと色白でかわいらしいが、どこか子どもの頃の自分に似ているので目にとまった。ドン・ロケの店に一人でゲームをしにくるのを母親から許してもらっている子ども。戦いっぷりはなかなかで、音楽に合わせて、ちんまりとしたお尻を揺らしながら、レバーを激しく動かしボタンを押しまくるようすからすると夢中で遊んでいるようだ。その子は唇がバラ色だった。それが何よりブランドの目を引いた。そんな鮮やかな唇は、あの犬のビデオの女の子以外で見たことがなかった。Tシャツの下に隠れている、この子の乳首もやっぱり鮮やかなバラ色で、ベリーの味がするに違いないとブランドは想像した。嚙みついたら、血ではなく、フランボワーズのシロップがしたたるのだ。道の真ん中で突っ立っている自分に気づいて、ブランドは道を渡りきってその子に近づき、しばらく遊ぶようすを見ていた。すると、その子——すべすべの頬を目で愛撫しながら、まだ十歳になっていないだろうとブランドは見積もった——は彼のほうをぱっと振り向いて、対戦しないかと誘ってきた。ブランドはその戦闘ゲームをやったことがなかったが、即座に受けてたった。何年も前から、ビデオゲームには興味がなくなっていた。ブランドは店に入り、タバコを一箱買って二百ペソ札をくずし、少年と遊び始めた。ただめちゃくちゃにレバーを動かして勝たせてやり、それとなく少年の体によりかかって、どのくらい力がありそうか、引き込み線のところに連れていったら、押さえつけて言うことをきかせられそうかさぐり、アイスをおごってやると言って——何度もわざと負けてやって、小銭はもう残っていなかったが——誘いだそうとしかけた、その時だった。ブランドは制服を着た三人の警官に後ろからとり押さえられ、警棒で殴られて地面にねじふせられ手錠をかけられて、パトカーに押しこまれた。金はどこだ、オカマ殺し、そう言って、後頭部をバシッと殴られた。どの金すか、なんのことかわかりません、とブランド。とぼけるんじゃねえ、オカマ殺し、どこに金を隠したか言え、キンタマを焼いてやろうか、とリゴリト。あの夜、魔女の家に戻ったが、化け猫しか見つからなかったことは言いたくなかったので、ブランドは殴打に耐えていたが、血反吐がこみあげ、むきだしのケーブルを睾丸にあてられるとどうしようもなくなった。ふさいであったドアのこと、魔女の宝があるに違いない、自分たちが入れなかった部屋のことなど、すべて白状すると、言うがはやいか、豚野郎どもはとびだしていき、ブランドは地下牢にぶちこまれた。メーデーのデモで逮捕された酔っ払いや、彼のシューズを盗んだ三人のヤク中のようなこそ泥がごっそり入れられている留置場だ。ブランドは、リーダーと思しき男の、前歯が一本もない、肉のそげたひげ面をほとんど見ずに、牢内の汚いトイレの脇にかろうじてあいたスペースに体をひきずっていき、さんざん殴られた腹部をそっとかかえてうずくまった。やせたひげ面は、車に轢かれた犬のようにわめき続ける不幸な囚人の声で興奮し、牢屋の真ん中をぐるぐるまわりながら、新しいシューズでまわりの酔っ払いたちを踏みつける。檻に入れられた獣のような唸り声がそこここであがった。だまれ、犬野郎！　ほかの収容者に殺されないように〈穴ぼこ〉に入れられた、母親を殺したヤク中に向かって、リーダーが声をはりあげた。だまれ、人殺し！　母殺しは地獄で焼かれろ、犬めが！　ほかの牢からも声がした。リーダーは、痛い目にあわせようというより、みなの気をひこうとするように、ブランドのところにきて、痛む脇腹を爪先でつつき、よう、オカマ殺し、よう、よう、とはやしたてた。ブランドは両手で耳をふさぎ、きつく瞼をつぶったが、攻撃はやまなかった。おい、オカマ殺し、見ろ、悪魔だぞ。おまえ、悪魔はいると思うか？　そいつの体は、牢内に充満する悪臭よりさらにひどく臭った。ブランドは丸めていた体をどうにかほどいて、しつこくそいつがささやきかけるほうを見て、なんだよ、キチガイ、もうやるもんはねえよとつぶやき、細い指がさす方向を目でたどった。ブランドが身を寄せている壁の、彼の頭上いっぱいに、何かの顔料か釘でひっかいた線でかかれた、名前や日付やハート、巨大な男性器や女性器、ありとあらゆる見るにたえない場面の落書きがあり、中でも、赤い線で描かれた悪魔がひときわ目を引いた。ここに来たとき、どうして目に入らなかったのだろう。巨大な悪魔は、地下牢に君臨する魔王のようだった。悪魔だ、クソ野郎、頭の狂ったひげ面が言った。悪魔はどこにでもいるんだよ。レンガか何か、赤い顔料で描かれた悪魔の巨大な頭には角と豚の鼻がついていて、うつろな丸い目のまわりには、錯乱した子どもが描いた太陽のようなぐにゃぐにゃの光線が描かれ、にゅっと山羊の脚がつき、二つの乳房は勃起した長いペニスのすぐ上まで垂れ下がり、ペニスの先から垂れた赤い血は、本物の血が乾いたもののようだった。ひげ面は、悪魔だー！　と喉をふりしぼって叫び、起きて、これから繰り広げられる奇跡を見ろとばかりに酔いどれたちを蹴飛ばした。悪魔が手下を探しているぞ、クズども集まれ、とりつかれたようにひげ面はわめき続けた。てめえら、覚悟しろ！　酔っ払いたちはうめいて両腕で頭をかかえこみ、鉄格子のところで十字を切る者もいたが、地下牢の中央でリーダーが繰り広げているまがまがしい踊りから、いかれたボクシングの動きから、誰も目をはなすことができなかった。しまいに、ひげ面はわーっと叫びながらブランドに襲いかかってきた。だが、そのパンチは、彼にではなく、壁に描かれた悪魔の、ちょうど腹に入った。ふいに広がった、ほとんど神秘的な静寂のなか、乾いた二つのパンチの音が牢内に響きわたった。二回《ドス》だ、二回《ドス》、とりまきたちがどよめいた。二回《ドス》だ、二回《ドス》、まだ頭がはっきりしている酔っ払いどもが繰り返した。二回《ドス》だ、二回《ドス》、ほかの牢の収容者たちまでがつられて喚き始め、母さん、ごめんなさいと声をからして泣き叫んでいた犬野郎までが合唱に加わった。二回《ドス》だ、二回《ドス》、みなが叫ぶ。二回《ドス》だ、二回《ドス》、ブランドも思わずつぶやいた。地下牢じゅうの壁に声が反響して耳を聾していたからだろう、地下牢の扉が開く音も、鉄格子に誰かが近づいてくる足音も耳に入らず、悪魔の顔の二つの太陽から目をはなしたときに初めて、ブランドは鉄格子の前に三人の人間がいるのに気づいた。さあ、どいた、どいた、棍棒をふりあげて看守が怒鳴り、何人連れてくるか、いったい何でわかっちまうんだろうな、そう言って二人《ドス》の新たな囚人を中に押しこんだ。見るからに脚が悪く、立っているのもやっとのような、白髪まじりのひげ面の背の低い男と、ちぢれっ毛に血がこびりついた、ひょろひょろの若者。新聞記者も写真も人権も気づかわずにリゴリトの豚どもに殴りつけられて、唇が腫れ上がり、目がつぶれている。ルイスミだ。ホモでちんぴらでろくでなしのルイスミが、ブランドのうるんだ目の前にいた。俺んだ。ああ、とうとう俺のものになった。この腕でぎゅっと抱きしめてやる。

7

魔女というのはそう簡単には死なないから、本当は魔女は死ななかったと言われている。最後の瞬間、若者たちがナイフをつきたてた直前に呪文を唱えて、トカゲかウサギに姿を変え、野山のかなたに走り去ったと言われている。あるいは、殺人の後、数日間、空を舞っていたオオタカになったのだと。畑の上を旋回した後で木にとまり、嘴を開いて何か話しかけたそうに、下を通る人びとを赤い目で見つめていた巨大な鳥に。

魔女の死後、宝を求めて大勢があの家に入ったと言われている。用水路に浮かんでいた死体の正体が明らかになるやいなや、手に手にシャベルやつるはしやハンマーを持った人びとがあの家に押しかけ、隠し扉や隠し部屋がないかと、床や壁をはがし、床下を掘り返したと言われている。警察署長のリゴリトの部下たちが最初だった。彼らは署長の命令を受けて、母親の魔女の姿が見えなくなってからずっと鍵がかけられていた、廊下のつきあたりにある、母親が使っていた部屋のドアを打ち壊した。そこで見つけたものは、リゴリトも部下たちも見るに耐えなかったと言われている。重たいオーク材のベッドの真ん中に母親の魔女の黒いミイラがあったが、その死体は、彼らの目の前でみるみる崩れ、骨と皮の山になった。臆病な警官たちは全速力で逃げだし、もう二度と村には戻らなかったと言われている。だが、こうも言われている。違う、そうではない、リゴリトと部下たちは魔女の部屋で、あの名高い宝――金貨、銀貨、宝石、ガラス玉かと思うほど大きなダイヤがはまった指輪――を見つけて、すべてをさらえ、ビジャに一台しかないパトカーで逃亡したのだと。だが、マタコクイテを過ぎたあたりで、欲に目がくらんだリゴリトが、戦利品を山分けにするより、部下たちを殺してしまおうと決心したと言われている。リゴリトは、部下たちから武器をとりあげ、背後から発砲して、麻薬組織の犯行に見せかけるために首を切り落とし、金をかっさらえてどこへともなく逃げ去ったと言われている。だが、こうも言われている。いや、違う、そんなことはありえない、部下とリゴリトは六対一だったので、先に部下たちがリゴリトを殺したのだと。だが、そこで部下たちは、グルーポ・ソンブラがガソリンスタンドに残した垢を一掃しようとしていたラサ・ヌエバの一味とばったり会い、もちろんリゴリトを含め全員が撃ち殺された。クコ・バラバスとグルーポ・ソンブラのほかのメンバー宛のメッセージを添えられた、拷問の痕跡のあるばらばら死体が、銃殺現場で見つかったと言われている。

あの広場は物騒になっているので、秩序を回復するため、まもなく海兵隊が送りこまれるだろうと言われている。暑さで人びとがおかしくなっているのだ、五月だというのに雨が一滴も降らないなどありえないと言われている。ハリケーンの季節は強烈だろうと。災いがこれほど続くのは、悪い瘴気のせいと言われている。道路の陰の目立たないところや、村の周辺の畑に掘られた急ごしらえの穴に、首を切られたり、バラバラに切断されたり、袋づめにされたりした死体が次々に見つかる。新聞記者が言うには、銃撃や車の衝突事故、農家同士の報復、性的暴行、自殺、痴情のもつれによる死者だ。たとえば、父親の身重の愛人を嫉妬から殺した、サン・ペドロ・ポテリーリョの十二歳の少年。あるいは、狩猟を利用して息子を殺し、アナグマと見間違えたと警察に告げた農夫。だが、彼が息子の妻とねんごろになり、自分のものにしたがっていたのは以前から知られていた。あるいは、パロガチョでは、頭のおかしくなった母親が、この子たちは自分の子ではない、自分の血を吸おうとするバンパイアだと言って、テーブルの天板や、クローゼットのドアをはがしたものや、テレビのディスプレイで我が子を殴り殺してしまった。あるいは、娘のことばかりかまって、自分をほったらかしにしている夫への嫉妬心から、娘の頭に毛布をかぶせて窒息死させたあわれな母親。あるいは、四人の給仕の女性に暴行を加えて殺したマタデピタのごろつきたち。彼らは、殺人犯だとして彼らを通報した証人が裁判に現れなかったので無罪放免になり、何事もなかったかのように暮らしているが、証人が来なかったのは、垂れこんだのを恨んだ容疑者に消されたからと言われている……。

それゆえ女たちは、なかでもラ・マトサの女たちは、みな神経をぴりぴりさせていると言われている。夕方、ようやく村が静かになり、街道沿いの売春宿の音楽や、油田に向かうトラックの騒音や、平原の端から端に、狼のように呼び合う犬たちの遠吠えがかすかに聞こえるばかりになる頃、女たちは玄関先に集まって両切りタバコを吸い、腕の中で赤ん坊をゆすり、柔らかな頭頂に煙を吹きかけてたかってくる蚊を追い払いながら、川からのぼってくるわずかな涼を楽しむと言われている。高い木の上にとまって、何かを知らせたそうにあたりを見渡している、あの白い鳥がいないかと目を凝らして空を見上げながら、女たちはひととき腰をおろして噂話をする。魔女の家には、絶対入るんじゃないよ。あっちのほうには行くんじゃない。玄関の前を通っちゃいけないし、壁のあちこちにあいた穴をのぞいてもいけない。中に入って宝探しをしたり、ましてや友だちと一緒に壊れた部屋を見てまわったり、肝試しに、二階の奥の部屋に入って、汚らしいマットレスに死んだ魔女が残したシミに触って遊んだりするのがどうしていけないか、子どもたちによく言い聞かせておくんだよ。あそこに入った者は、今も残る悪臭で気分が悪くなって、壁からはがれて追いかけてくる影の亡霊に怯えて、震え上がって飛び出してくるのだと話しておやり。あの家の死んだような沈黙に、あそこで暮らした不幸な女たちの痛みに敬意をはらうんだ。村の女たちはそんなふうに言っている。あの家には宝などない。金も銀もダイヤモンドもない。あるのは、決して消えることのない鋭い痛みだけだと。

8

遺体安置所の職員たちが救急車から荷をおろすあいだ、じいさんは切り株に座ってタバコを吸っていた。全身がそろっていないもの、頭も性器もない、断片だけのものも含めて一つ一つすべて数えていく。酔っ払って丘の草を刈ろうとしたらしい農夫のごつごつした片足、石油会社の病院の外科手術で出た、指や肝臓の一部や皮膚の切れ端。おろされたうち、全身がそろった最初の死体は、明らかにホームレスのものだった。人生の半分を、無慈悲な太陽に焼かれてさまよい歩いてきた者らしい、羊皮紙のようにしわの寄ったがさがさの皮膚をしている。次は、あわれな少女のばらばら死体。むきだしではなく、空色のセロハンでくるまれていたのが、せめてもの救いだ。救急車の床に手足が散らばらないようにそうしたのだろうと、じいさんは推測した。そのあとは新生児。頭がチリモヤくらいしかない赤ん坊で、きっとまだ息のあるうちに両親が通りがかりの病院の前に置き去りにしたのだろう。そして最後は、一番重くてやっかいなやつ、つかもうとすると皮膚がずるむけになる手脚を、職員たちはシーツの切れ端でどうにか押さえなければならなかった。女の子のばらばら死体を含めた、これまでの死体を全部合わせたよりも、じいさんの手を焼かせるに違いないむくろだ。ナイフで刺され、暴行を加えられて死んだうえに、全部そろっている。腐敗しているが全部。まだ自分の運命をあきらめきれないか、墓場の暗闇をこわがっているかする、こういうのが、いつでも一番骨が折れた。だが、遺体安置所の二人のバカどもは、そういうことに無頓着だ。彼らはじいさんにタバコをたかることしか頭になく、何かくれないのかと、冗談めかして声をかけた。忙しくなりそうだな、やせたほうが言った。行方不明になっていたビジャの警官たちが、少し前に首なし死体になって見つかったばかりだった。じいさんは、穴に投げこまれた死体を見つめ、かぶせるのに必要な砂と石灰の量を計算しながら、ゆっくりと深くタバコを吸いこんだ。この際、そろそろもう一つ穴を掘ったほうがいいですかね、普段めったに口をきかない金髪のほうが言って、とりいるように笑ってじいさんを見た。まだ二十は入るよ、じいさんはこたえた。やせたほうが、声をたてて笑った。じいさん、ビジャでも同じこと言われたよ。あっちはもう満杯で、ここに運ぶしかないのにな。墓地の穴はまるでピッチャーマウンドさ。じいさんは目を細め、二人を見返しただけだった。立てて埋めたらどうですか、吸い殻を穴の奥に投げ捨てて金髪が言った。冗談で言ったのだろうが、そんなわけにいかないとじいさんはわかっていた。一体一体、隙間なくきっちり並べて寝かせないと、あとでえらいことになる。おさまりが悪くて死体が動き、そうすると、人びとは彼らを忘れることができなくなり、死者たちはこの世に取り残され、墓の中からよろよろさまよい出て、人びとを驚かし、いたずらをすることになるのだ。じいさんはもう一本タバコに火をつけ、ビジャの遺体安置所の職員が期待をこめて見つめるなか、ただ小さく首を横に振った。何か面白い話をしてほしがっているのだろうが、期待にこたえてやる気はなかった。そんなことして何になる？　じいさん、相当もうろくしてるぜなどと噂されるのが関の山だ。冗談じゃない。このやせっぽちなど、じいさんは死人と話ができるんだと噂を流しやがった。わかるものと思って、せっかく話してやったのに、あの脳たりんときたら、じいさんは死人の声が聞こえるんだと、狂ってるぜと、墓地を出るとそこらじゅうでふれまわった。埋葬するときには、ご遺体に話しかける必要があると説明しただけなのに、ちくしょうめ。経験からして、そのほうがうまく行くのだ。死者たちは、自分に向けられた声、話しかけてくる声を聞いて、いくらか慰められ、生者を煩わすのをやめるから。だから、じいさんは、二人の職員が空っぽの救急車に乗り込んで去っていくのを待ってから、新しく来た者たちに声をかけた。まずは心を鎮めてやること。怖がることはない、生の苦しみはもう終わり、闇はじきに晴れると教えてやるのだ。風が平原を渡っていき、アーモンドの木の葉をそよがせ、遠くの墓の間で砂を巻き上げた。そろそろ雨が来るぞ、空を覆った厚い雲を安堵とともに眺めながら、じいさんは死者たちに声をかけた。やれやれ、ようやく雨が来る、じいさんは繰り返した。だが、あんたたちは怖がらなくていい。大きな雨粒が一つ、シャベルの柄を握った手に落ちた。じいさんは、手の甲に口を近づけて、この季節の最初の雨の甘みを味わった。急いで遺体を覆わなければ。土砂降りにならないうちに、まずは石灰を、次に砂をかけ、それから穴全体に鶏小屋用のネットをかぶせて、その上に石を置いて野良犬が夜のあいだに死体を掘り出さないようにする。だが、安心しな、じいさんは、猫の喉の音ほどの小声でささやき続けた。あんたたちは怖がることも絶望することもない。そこでゆったりかまえていればいい。空が稲妻で一瞬明るくなり、耳をつんざく雷鳴が大地を震わせた。雨はもうあんたたちに何もできないし、暗闇は永遠には続かない。もう見えたかね、遠くに輝く光があるだろう、星のような小さな光が。そっちのほうに行きな、じいさんは説明した。そっちの方に、この穴から出る出口がある。

謝辞

以下の皆様に感謝いたします。この小説のさまざまな段階の原稿を読み、こころよく意見を聞かせてくれたフェルナンダ・アルバレス、エドゥアルド・フローレス、ミヒャエル・ガエブ、ミゲル・アンヘル・エルナンデス＝アコスタ、オスカル・エルナンデス＝ベルトラン、ジュリ・エレーラ、パブロ・マルティネス＝ロサダ、ハイメ・メサ、エミリアーノ・モンヘ、アクセル・ムニョス、アンドレス・ラミレス、ガブリエラ・ソリスに。同様の理由とともに、適切な時に『族長の秋』を勧めてくれたマルティン・ソラレスに。「個別の特徴」というすばらしい記事で、知らぬ間に私にヒントを与えてくれたホセフィーナ・エストラダに。コスタリカ出身の作家で社会活動家カルメン・リラの思い出に。『日曜は七をしでかす』という起源不詳の昔話の、リラによる親しみやすい再話に基づいて、本作の該当部分を書くことができた。

悪名高きハビエル・ドゥアルテ・デ・オチョア州知事時代に暗殺されたヨランダ・オルダスとガブリエル・ウヘに。彼らの政治関連の記事と写真からインスピレーションを受けて、本作に登場するいくつかのエピソードが生まれた。

すべての愛情に対してロウルデス・オヨスに。星のように遠くで輝く小さな光を与えてくれたウリエル・ガルシア゠バレラに。

宇宙一すばらしい家族、エリックとハンナとグリス・マンハレスに。私を一員でいさせてくれてありがとう。

訳者あとがき

メキシコのジャーナリストで作家のフェルナンダ・メルチョールが二〇一七年に発表した小説『ハリケーンの季節』（原題 *Temporada de huracanes* ランダムハウス刊）は、近年最も世界的な注目を集めた、スペイン語圏の作品のひとつだ。

メルチョールは二〇一五年にヘイ・フェスティバルとメキシコ文化省とブリティッシュ・カウンシルによる「メキシコ20」——四十歳以下の期待のメキシコ人作家二十人に選出されはしたものの、当時その認知度はまだメキシコ国内どまりだったと思われる。それが『ハリケーンの季節』によって、メキシコだけでなく、スペイン語圏全体の読者にとって目が離せない存在となった。二〇一八年には、国際ペンクラブのメキシコ支部による文学ジャーナリスト賞を受賞した。

さらに翻訳版により、二〇一九年にドイツで、アンナ・ゼーガース賞と、世界文化の家主催の国際文学賞を受賞し、二〇二〇年には、ブッカー国際賞の最終候補及び、全米図書賞翻訳文学部門のロングリストに入り、ニューヨーク・タイムズの年間ベストブックに選出され、世界的な作家となった。今では三十四カ国語に翻訳されている。

日本でメルチョールの名が聞かれだしたのは、ブッカー国際賞の最終候補になったあたりからだろうか。二〇二〇年十月十四日には、メルボルンのウィーラーセンター主催で、『夏物語』が英訳された川上未映子とフェルナンダ・メルチョールのオンライン対談が開催され、川上氏はその中で、何度も、日本語版を早く読みたいという趣旨の発言をした。二〇二一年二月二十四日には、フランス語版で読んだ小野正嗣が、「傷ついた者のため沈黙にあらがう声、文学に響く」というタイトルで朝日新聞の文芸時評にとりあげ、日本語版への期待が高まった。

物語は、遊んでいた男の子たちが、用水路に浮かんでいる〈魔女〉の惨殺死体を見つけるシーンから始まる。

舞台は、メキシコのベラクルス州の架空の村ラ・マトサ。近所の町ビジャからも十キロ以上離れている、サトウキビ畑と精糖工場のほかは、北部の油田と港を結ぶ道路沿いの食べ物屋や飲み屋や売春宿しかない村だ。

誰が魔女を殺したのか、どのような背景があったのかが、その後だんだんとわかっていくわけだが、本書の独自性は、その語り方にある。章ごとに一人の人物をとりあげ、その人物の視点に読者をひきつけながら、章の初めから終わりまでまったく改行せず、会話も地の文もごちゃまぜになった一段落で語るのだ。会話はコテコテのベラクルス方言で、卑猥な表現や罵倒語もぽんぽんとびだす。乱暴だが、同時に詩的でもある言葉、とメルチョールは言っている。

とりあげられる人物は、魔女、魔女と恋愛関係にあったとされる青年ルイスミの従姉のジェセニア、ルイスミの母親チャベラの夫のムンラ、ルイスミが家に連れ帰った、十三歳の少女ノルマ、ルイスミの遊び仲間のブランドの五名。モノローグではないが、その人物の思考や感情、性癖や来歴や行動が一人ずつ描かれ、最初はわからなかったことが、ああ、こういうことだったのかと後からわかったり、ある人物にとっては謎であることを、読者はもう知っていたりという具合に、パズルを埋めるようにして、事件の全容が明らかになっていく。

ベラクルスの方言を用いたのは、これらの人物を、上からではなく彼らの目の高さで描きたかったからだとメルチョールは語っている。彼女は川上未映子との対談で、興味深いエピソードを紹介していた。子どもの頃から彼女は海外文学に親しんできたが、翻訳作品はたいていが、メキシコではなく、旧宗主国であるスペインのスペイン語で書かれている。そこで彼女は、スペイン語には、本で読むスペイン語と、自分の話しているスペイン語があると思っていたそうだ。そこで、この作品を書くにあたって彼女は、規範的なよそ行きのスペイン語ではなく、自分の言葉、ベラクルスの言葉を選んだ。

そのようにして入念に紡ぎだされた登場人物の〈声〉からは、貧困、暴力、マチスモ、性暴力、虐待、迷信、無知、麻薬、酒など、目を覆いたくなるような、この村の実態、過酷な現実が浮かびあがってくる。ベラクルス州はメキシコの中でもアフリカ系の住民の多い土地で、肌の色による根強い差別が背景にある。メルチョールの語りは冷静かつ客観的で、登場人物の行動を評価したり批判したりすることもなければ、同情を誘うこともない。

メルチョールによれば、メキシコでは十代の妊娠があとをたたないが、メキシコシティ以外では堕胎は許されていない。作中で、魔女の母親は、子どもを欲しくなかったと言い放ち、ルイスミの母親チャベラも子どもはもうたくさんだと言い（十五歳でルイスミを産んだ彼女はまだ三十代で、まだ十分生殖能力がある）、売春宿で働かせている若い子やチャベラ自身が誤って妊娠してしまうと魔女に頼んで堕胎する。だが、体を売ることでしか生きていけない女たちがいる。ノルマの母親は、男をつなぎとめるためだけに、育てることのできない子どもを次々と産む。十三歳のノルマは幼い頃から弟や妹の世話を押しつけられ、家事をし、若い義父からは、彼女自身が望んだからだと思いこまされて性暴力を受け、あげくに妊娠し、すべてを自分のせいと思い自殺しようとする。なんともいたたまれないことばかりだ。マチスモにより抑圧された人びとが、さらなる抑圧に加担する。

救いのない状況のなかで、酒や麻薬、幻覚剤に手を出す男たちもいれば、ブランドの母親のように極端な信心に走る者もいる。

メキシコの大衆紙には、スペイン語で nota roja と呼ばれる、殺人など暴力的事件を扱った記事のコーナーがある。そういう記事で事件が、痴情のもつれや怨恨など、型にはまった原因に結びつけられがちなのを見てメルチョールは、それだけではないだろうと常々思っていたと言う。ある時、ある村で魔女が殺されたという記事を読んで、その真相に興味を持ったが、実際の事件を取材するのは危険が伴う。そこでフィクションで深く追求してみようと思ったのが、本作の出発点になったそうだ。

なんだか暗い気分になってしまったかもしれないが、ベラクルスには陽気な顔もある。「ラ・バンバ」という曲はご存じだろうか、ベラクルスの音楽ソン・ハローチョは底抜けに明るい。作中には、みながハメを外してもりあがる、ベラクルスのにぎやかなカーニバルも登場する。明るいだけに、影もまた濃くなるのかもしれないが。

フェルナンダ・メルチョールは、一九八二年、メキシコのベラクルス州で生まれた。ベラクルス大学でジャーナリズムを学び、プエブラ自治大学で美学の修士課程を修めたが、その後も三十歳までは、彼女の多くの作品の舞台となっているベラクルスで過ごした。

作家デビューを果たしたのは二〇一三年。アルマディア社から、ベラクルスの四人の若者を描いた小説 ***Falsa liebre***（『偽のノウサギ』）を刊行した。また、やはりアルマディア社から同じく二〇一三年に、ベラクルスの暴力や麻薬など、犯罪事件を追ったノンフィクション ***Aquí no es Miami***（『ここはマイアミではない』）も発表した。

二〇一七年の『ハリケーンの季節』刊行以後は、出版社をランダムハウスにかえ、二〇一八年には『ここはマイアミではない』がランダムハウス社から再刊され、その英語版は、本年二〇二三年の全米図書賞翻訳文学部門ロングリストに選出された。

この間、興味深いエピソードがある。二〇一八年にマリオ・バルガス＝リョサがエル・パイス紙のコラムで「フェミニズムは文学の敵」と書いたのに対して、メルチョールは、「文学もフェミニズムもバルガス＝リョサを必要としていない」と、すぐさま反撃した。

二〇二一年に発表した小説 ***Páradais***（『パラダイス』）は、刊行されるやいなや、多くの書評でとりあげられた。タイトルの「パラダイス」は、ベラクルスにある架空の高級住宅地の名だ。そこで雑役係として働く極貧の母子家庭の十六歳の少年が、そこの住人である金持ちの息子によって、凄惨な殺人事件に巻き込まれていく物語で、住宅地の名が何とも皮肉だ。

『パラダイス』の刊行後、メルチョールはＤＡＡＤ（ドイツ学術交流会）の奨学金を得て一年間をドイツで過ごし、そこでデビュー作の『偽のノウサギ』を加筆し、二〇二二年にランダムハウス社から新版として刊行した。また、二〇二三年春には、アルゼンチンのラテンアメリカ美術館のレジデントプログラムでブエノスアイレスに滞在し、読者と交流し、新作小説の仕上げに取り組んだ。

この作品を訳していると言うと、スペイン語圏の友人の誰もが、それはチャレンジだねと言った。初めてこの作品を読んだとき、翻訳が難しいと私も思い、翻訳仲間と、これは翻訳できないねと笑いあった。それが、まさに青天の霹靂で、翻訳の話をいただいた。実際、引用符のない会話と地の文が混ざった改行のない原文の中で迷走し、訳出には予想の三倍以上の時間がかかった。乱暴だが、同時に詩的でもあるとメルチョールが言うベラクルス方言のリズムを再現できたか心許ないが、読者の判断を仰ぎたいと思う。

翻訳にあたっては、多くの方のお世話になった。ベラクルスの言葉を教えてくださった駐日メキシコ大使館のエマヌエル・トリニダー氏、同じく質問に快くこたえてくださった棚橋加奈江氏のお力なしには、とても最後までたどりつけなかった。ありがとうございました。また、ここで全てのお名前はあげられないが、励まし続けてくれた友人、参考にすべき映画を指示し、俗語や口語のヒントをくれた宇野健志にも感謝している。

翻訳の難しさについてメルチョールは、翻訳によって失われるものはあるが、バランスを考えて近い言葉で伝えることで翻訳は可能、それによって他国の読者に作品が届くと語っている。そうであるよう、ただただ願っている。

読んでくださったみなさま、ありがとうございました。

二〇二三年十一月

訳者略歴　東京外国語大学卒業，スペイン語圏文学翻訳家　訳書『吹きさらう風』セルバ・アルマダ，『花びらとその他の不穏な物語』『赤い魚の夫婦』グアダルーペ・ネッテル，『きらめく共和国』アンドレス・バルバ，『小鳥たち マトゥーテ短篇選』アナ・マリア・マトゥーテ他多数

ハリケーンの季節《きせつ》

2023年12月20日　初版印刷
2023年12月25日　初版発行

著者　フェルナンダ・メルチョール

訳者　宇野和美《うのかずみ》

発行者　早川　浩

発行所　株式会社早川書房
東京都千代田区神田多町2－2
電話　03－3252－3111
振替　00160－3－47799
https://www.hayakawa-online.co.jp

印刷所　株式会社亨有堂印刷所
製本所　大口製本印刷株式会社
Printed and bound in Japan
ISBN978-4-15-210290-4　C0097
JASRAC 出 2308912-301

乱丁・落丁本は小社制作部宛お送り下さい。
送料小社負担にてお取りかえいたします。

ニッケル・ボーイズ

The Nickel Boys

コルソン・ホワイトヘッド
藤井 光訳
46判上製

一九六〇年代フロリダ。アフリカ系アメリカ人の真面目な少年エルウッドは、大学進学を志していた。だが、彼は無実の罪で少年院ニッケル校に送られることに。信じがたい暴力や虐待が蔓延する校内で、エルウッドは皮肉屋の少年ターナーと友情をはぐくみ、なんとか日々をやりすごそうとするが——。実在した少年院をモデルに描いた長篇小説。ピュリッツァー賞受賞作